幼《おさ》なじみ

新・居眠り磐音

第一話　おそめ初仕事

一

安永《あんえい》十年（一七八一）春。

この日、もはや仕事仕舞いという刻限、縫箔《ぬいはく》屋の江三郎《こうざぶろう》親方は大仕事を終えた。客は江戸でも名代《なだい》の大分限者《ぶげんしゃ》、札差《ふださし》伊勢《いせ》屋《や》敬左衛門《けいざえもん》の娘お陽《よう》の婚礼衣装の縫箔だ。

振袖《ふりそで》、黒留袖、打掛け、帯と四季折々の花鳥風月を刺繡《ししゅう》する仕事だった。この仕事は昨年の夏の終わりから始まり、おそめに親方の手伝いが命じられた。

仕事場はいつもの工房とは異なり、十二畳の座敷を使い、二人以外は仕立師が時折り入るだけで、親方の跡継ぎの季一郎《きいちろう》であれ、年季の入った職人衆であれ、立ち入りを禁じられていた。そんな大仕事が実に半年以上も続いた。

衣桁《いこう》にかけた花嫁衣裳一式を江三郎が仔細《しさい》に眺めて最後の点検をなした。

江戸時代、花嫁衣裳は白無垢《しろむく》に綿帽子をかぶるのが習わしだった。ために凝るのは帯というわけだ。だが、札差百余軒の筆頭、伊勢屋敬左衛門は娘に婚礼の場で衣装替えをさせる新奇な企てを考え、江三郎に総縫箔を願ったのだ。

「金には糸目はつけない」

というわけだ。だが、衣装の構図も縫箔も、

「こちらに任せてくだせえ」

というのが江三郎のただ一つの要望だった。

険しい眼差《まなざ》しが半年をかけた仕事の一つひとつを見回した。

長い時が過ぎた。

十二畳の座敷は、大仕事が終えた折りの点検の場でもあった。親方の眼差しに奉公人だれもが緊張した。

不意に傍らに控える女職人おそめに親方の視線が向けられた。

おそめにとって親方の大仕事を手伝うのは初めてのことだ。この半年、一瞬たりとも気を抜くことなど許されなかった。いや、床に横になったときも、ひと針

ひと針が夢に出てきた。

「どうだ、そめ」

かような問いの折り、返答を迷うことを親方は嫌った。

「伊勢屋のお嬢様、お陽様にようお似合いかと存じます」

しばし間を置いた江三郎が、

「そめ、おまえ、お陽様を承知か」

「呉服店四条山城屋《しじょうやましろや》にお出でのお陽様をいちどだけお見掛けいたしました。その折り、お陽様の好みはおよそ察することができました。この仕事が始まる数日前のことです」

「偶々《たまたま》行き合ったか」

「いえ、伊勢屋様がこちらにお見えの折りに、花嫁道具はすべて京の四条山城屋が贔屓《ひいき》と聞いておりましたので、お陽様が四条山城屋江戸店にお出でになる日を聞いてお待ちしておりました」

「そうか、昨秋、そめが一刻（二時間）ほど暇を欲しいと願うたときがあったな、あの折りか」

だれの口利《くちき》きで四条山城屋に若い娘が出入りできたか、江三郎は聞かなくても推量がついた。そめの付添人の佐々木《ささき》磐音《いわね》とこんは、江戸を不在にしていた。

老中田沼意次《たぬまおきつぐ》との戦い利非《あら》ず、神保小路《じんぼうこうじ》の尚武館《しょうぶかん》道場も剝奪《はくだつ》され、密《ひそ》かに江戸を離れて流浪《るろう》の旅をしていた。ゆえにそめが頼ることはできなかった。だが、そめは呉服町の縫箔屋に奉公する前、今津屋《いまづや》に一年ほど働いていたのだ。となれば、大番頭の由蔵《よしぞう》あたりが口利きしたと想像できた。

「はい」

そめの返答に首肯《しゅこう》した江三郎は、衣桁の花嫁衣裳に白布をかけた。

「わしは伊勢屋のお嬢様を知らんで、縫箔をなした」

「それは親方様のやり方、習わしでございます」

と言い切った。

「わしが為した仕事が伊勢屋さんに、お陽様に喜んでもらえるとそめは想うか」

「間違いございません」

ふっふっふふ

と江三郎がそめの即答に満足げな笑みを洩《も》らし、

「みなを呼べ」

と命じた。

このとき、おそめが縫箔職親方江三郎のもとで修業を始めて、丸々四年の歳月を迎えようとしていた。

女職人など滅多に見かけられない江戸時代、おそめが十六歳で弟子入りした折り、先輩の職人衆は当然男ばかりだった。

「新しい奉公人が今日から加わる」

江三郎親方からそめの奉公を知らされ、職人たちは一様に驚きの顔を見せた。だが、だれも内心の考えを口にする者はいなかった。

縫箔職人にとって江三郎の存在は抜きんでており、江戸一の名人上手として評価は定まっていた。

七人ほどいる住み込み職人も十八年余の奉公の裕次郎《ゆうじろう》を筆頭に江三郎が人物と手先の動きを見て弟子に選んだ者ばかりだ。そんな中に十六歳の娘が弟子入りするというのだ。

(深川の貧乏長屋の十六の娘が縫箔職人になるのだと、冗談じゃねえや)

とか、

(親方はなにを勘違いなさったかね)

と胸のなかで思っていた。

だが、江三郎親方に抗《あらが》う言葉を発する者などいなかった。

一方、親方は、男弟子たちの気持ちをとくと推量していた。

「みなに言うておこう。このそめが一年前、うちに弟子入りを求めてきたのを覚えているな。その折り、神保小路の尚武館道場の後継と目される坂崎《さかざき》磐音様と両替商の奥向き女中のおこんさんに伴われて訪ねてきた。

縫箔職人として一人前になるのは、百人にひとりと言いたいが、千人にひとりとしていねえ。おめえらだって細かい作業を丹念に何年も何年も続けてきたんだ。おれが説明する要もなかろう。まして女職人などお目にかかったことはあるまい。だからよ、一年前、そめが訪ねてきたとき、思い付きかどうか針の使い方を見た。おりゃ、その刹那《せつな》、これはと驚いたことを告白しておこう。それでもとくと考えて、その気があるようだと、一年後にうちを訪ねてきねえと、そめに帰ってもらった」

男職人もおそめも黙って江三郎の言葉を聞いていた。

「そめはその一年、両替商今津屋の奥向き女中として奉公してきた。いいか、職人と商人とを比べるのはおかしな話よ。だがな、今津屋さんは、いまや江戸で競い合う両替商がないほどの大店《おおだな》だ。大きな声では言えねえが、大名、直参《じきさん》旗本のお武家さんの大半は、今津屋に借財しているゆえ、頭が上がるめえ。

そめは、そんな奥向きを一年勤めてきたばかりじゃねえ。今津屋さんではそめの働きを見て、大旦那《だんな》の吉右衛門《きちえもん》様からお内儀《ないぎ》のお佐紀《さき》様、大番頭の由蔵さんもみな本気で今津屋でこのまま働いてくれるよう願って、うちに来ることを止めたそうだ。だが、そめは、『私は縫箔の仕事がしとうございます。呉服町の江三郎親方のもとで働きとうございます』ときっぱり断ったと、大番頭の由蔵さんから直《じか》に聞かされた。

おりゃ、そめの心意気に惹《ひ》かれただけじゃねえ、一年前、そめがちらりと見せた針遣いと絵心に惹かれたんだ。おめえらが、女職人なんぞと一緒に働きたくはねえと、肚《はら》ん中で考えていることなんぞは、この江三郎、お見通しだ。

いいか、親方のおれがおめえらに命じているだけじゃねえ、おめえら、そめの働きを三、四年黙って見ていねえ。その結果、『親方、それ見ねえ』という者がひとりでもいたら、その折り、そめを辞めさせようじゃないか。どうだ、この話」

と江三郎が住み込み職人とそめの前で言い切った。

「親方、わっしの返事は、三、四年後のそのときにさせてくだせえ」

年季のいちばん長い職人頭の裕次郎が言い、他の職人がそれに倣《なら》った。

そのあと、おそめは一同の前に両手をついて平伏し、

「親方、ご一同様、ありがとうございます。親方は、三、四年黙って見てみろ、と申されましたが、私が一瞬たりとも気を抜かぬように、厳しくご指摘ください。ご注意が二度三度続く折りには、そめ自ら身を引かせていただきます」

と言い切った。

その四年後、「そのとき」がいまやってきたと先輩職人を呼びに行かされたそめは、緊張と不安に見舞われていた。

この四年の間、そめの縫箔は基の技量を学んで、そこそこの仕事ならば自分ひとりの判断を任されていた。そめの四年間は、他の男職人の十数年に匹敵していたと言っていいだろう。そのことを温かく親方も跡継ぎの季一郎も見守ってくれた。だが、そめを妬《ねた》んで江三郎のもとを去っていった弟子もいた、裕次郎に次いで年季を重ねた文吉《ぶんきち》だった。

そめに案内されて七人が座敷に入ってきて、最後に季一郎が座った。

文吉が辞めたあと、京で修業を果たしたという松之助《まつのすけ》が加わっていた。

「裕次郎、四年前、そめがうちに修業に入った折りの問答を覚えているな」

「へえ」

と裕次郎が即答した。

「ならば正直な返答が聞きてえ」

江三郎がおそめに目顔で合図した。

三つの衣桁にかけられていた白布が静かに次々に外された。

振袖、黒留袖、打掛け、帯に縫箔された、華やかにも艶《あで》やかな「四季折々花鳥風月図」が姿を見せた。そめの仲間の職人が初めて見る仕事だった。

「おおー」

とどよめきにも似た、感動の声が職人七人から思わず洩れた。

七人は遠目から、さらには近くに寄って花嫁衣裳や帯の縫箔を見ていった。

「親方、見事でございます。伊勢屋さんのお嬢様は大喜びなされましょう」

と裕次郎が職人を代表して言った。

「それだけか、裕次郎」

「と、申されますと。おお、忘れておりました、そめがこたびの大仕事の手伝いをなしたのでございましたな。いや、親方の仕事の足を引っ張るどころか、よい手伝いをしたゆえ、かように見事な『四季折々花鳥風月図』が出来上がったのです。あの四年前のわっしらの狭い料簡《りょうけん》は、このたび撤回させてもらいます」

と裕次郎が言い、

「うんうん」

と六人が裕次郎に賛意を示した。

「どうだ、季一郎」

とそめが奉公したときの経緯を知らぬ倅《せがれ》の季一郎に糺《ただ》した。だが、縫箔の基を江戸で十年余修業し、さらに芸事の都の京で厳しい五年の修業を積んだ季一郎は、おそめの絵心と針の扱いの巧みさを、初めて見た瞬間から承知していた。

「親方、この仕事、縫箔師江三郎親方の新たな試みというか、斬新な『四季折々花鳥風月図』でございます。京の大師匠と呼ばれる縫箔師中田《なかた》芳左衛門《よしざえもん》様もこの仕事を見たら、刮目せざるを得ますまい」

と険しい顔で本心を吐露した。

「季一郎、ありがてえ言葉だが、半分ほど受け取っておこうか」

と謎めいた言葉で応じた江三郎親方に、季一郎はいま一度衣桁にかけられた花嫁衣裳を見て、しばし沈思《ちんし》し頷《うなず》いた。その様子を見た江三郎が一番弟子に糺した。

「裕次郎、ここにある四つの振袖、黒留袖、打掛け、帯二組のうち、どこの部分にそめが手を入れたか、判断してみねえ」
「えっ」
「まさか」
と言った驚きの声が職人たちの間から洩れた。そめは親方の助っ人と思ってい
たから、親方の問いを疑った者もいた。なにより四年しか年季を積んでいないそ
めが親方と張り合ってこんな大仕事ができるわけもないと考えていた職人が大半
だった。
「いいか、うちの縫箔はだれが手掛けようとおれの名でお客様に納められる。お
めえらがやった仕事も江三郎の名で出されてきたな。だがな、この四つのうちふ
たつは、わしの手を一切借りずにそめが刺繡したものだ」
「えっ」
「どういうことだ」
という大きな驚愕《きょうがく》のあと、一同が沈黙した。
倅の季一郎は、改めて花嫁衣裳に近づくと繁々と凝視し、頷いた。
「親方、留袖の裾《すそ》の松模様、それに帯、雪の富士の峰を背景に朝焼けの空を飛ぶ
白鳥の群れがおそめの仕事でございますな。白鳥が朝焼けに染まっているのがな

んとも美しい」

しばし江三郎は季一郎の判断に答えなかった。一同が親方の顔を正視した。

「季一郎、京で五年修業したおまえの眼は騙《だま》せねえな」

ふっふっふ
と季一郎が満足げに笑った。

「おお、絵模様から縫箔の仕上げまですべてそめが考えてやり通したものだ」

長い無言のあと、職人の間で、どよめきと沈黙のふたつに分かれた。

どよめきは年季の若い連中だ。とはいえ、だれもがそめより十分に歳月を重ねていた。年季頭の裕次郎ら三人は、無言だった。

「親方、留袖の裾の小松、私は京でも見たこともない図柄ですよ。いい感じだ。おれにはこんな小松の絵を思いつかない。こりゃ、女だから男だからというもんじゃない。そめには絵心があります」

季一郎がおそめを認める発言をした。

「おれもこの仕事を引き受けたとき、あれこれと思案した。おめえと一緒にとも考えた。だがな、おれの跡を継ぐおまえと仕上げるとしたら、なんとなく出来が分かる。それにおれがこの仕事に専念する折り、おめえにはうちの仕事と弟子たちを見る務めがある。そんなとき、おれはそめがこれまで描いた素描を何げなく見てな、こいつに任せようと思ったんだ」

また沈黙がその場を支配した。

「いいか、職人が八人いればそれぞれの創意や工夫がなければならねえ。親方や年季の入った兄さんのあとを追っているようだと、追い抜くことはできねえ」

と江三郎が言った。

おそめが親方の顔を見た。

「そめ、なんぞ言うことが、注文があるか」

「親方、私は親方の縫箔が好きで、惚《ほ》れて女弟子にしてもらった新入りでございます。親方はいつも絵でも仏像でもいいものを見ろ、と申されます。幼い折りから深川の貧しい裏長屋育ちのそめは、絵とも仏像とも縁がございません。親方の縫箔を見て、あとを必死で追ってきただけの半端者の女職人に注文などあろうはずもございません」

「おれは、半端者の女職人にこの大事な仕事の半分を任せたというか、そめ」

江三郎の詰問にそめは答えられなかった。

「そめ、おめえはこの世の中に絵師というものがいることすらうちに来るまで承知していなかったな、喜多川歌麿も円山応挙も知らなかったな」

「存じませんでした」

「おめえの絵心を最初にくすぐったのはおれということはあるまい。だれかいるはずだ」

そめは口にするかどうか迷った末に、

「この世の中に絵というものがあることを教えてくれたのは深川の平井浜という江戸の内海に面した、小さな漁村の網元のおばば様でした。うちのおっ母さんが妹を生むために実家に戻った折りのことです。おばば様は、四つの私に紙や絵筆を与えて好きなように絵を描かせてくれました。こたび、帯に縫箔した富士の峰もその折り、初めて見た富士山の記憶を思い出して描きました」

「その絵はどうなったえ」

と江三郎が尋ねた。

「おっ母さんが六間堀《ろっけんぼり》の裏長屋に持って帰っちゃいけないと取り上げました。以来、網元のおばば様のところで描いた絵は見たことがございません」

「おっ母さんと平井浜の家には事情がありそうだな」

「その折りは気付きませんでしたが、おっ母さんは、平井浜の許婚《いいなずけ》のような男の人を裏切って深川に出ていった女子《おなご》でした。相手は勇《いさむ》と申されたお方で、若くして亡くなったそうです。おっ母さんは妹を生むために、平井浜を出て以来はじめて戻ったのです、お産する金子《きんす》がなくて致し方ないことでした。おっ母さんは冷たい浜の人の眼に晒《さら》されて妹を生みました。でも、平井浜の人たちは四つの私には親切にしてくれました」

思いがけないおそめの告白だったのか、江三郎は、ふうっ、と重い吐息を洩らした。そして、尋ねた。

「そめ、おめえは平井浜で描いた絵を今もおっかけているのか」

沈思したそめは微《かす》かに頷いた。

だれもが沈黙していた。

「だれにも幼い折りの出会いや思い出がそれぞれある。そめがあの今津屋さんの奉公を断って、おれのところにきたのはさだめだ。そろそろ、おめえらも女職人を、そめを仲間と思ってやれ」

と江三郎が兄弟子たちに言った。

裕次郎が頷き、季一郎が、

「親方、ご安心くだせえ。おそめはわっしらより歳《とし》がいくつも若いが、立派なうちの弟子ですよ。平井浜のおばば様が、そして、親方がおそめの絵に才を見たのは正しいことでございました。その証《あかし》がここにございます」

と言い切った。

「いえ、若親方は私が想いもしない縫箔の技を持っておられます。裕次郎さんも、他の兄弟子方も私とは違う技量と画風をお持ちです。江三郎親方の弟子のひとりでよかったとそめは思います」

「おお、そめ、よう言うたな。おれもおそめに負けないように頑張るぜ、親方に認められるように明日から精を出す」

とそめより七歳上の泰二《たいじ》が言い、親方が、

「泰二、縫箔の技量のうまい下手はあるかもしれねえ。だがな、こいつは剣術でも相撲《すもう》でもねえ、勝ち負けはねえ。自分らしさとはなにか、そめのように幼い頃から持ち続けて考えた結果があの富士の高嶺になったんだ。分かるな」

「へい」

と一同が応じた。

不意に座敷に親方のおかみさん、てるが入ってきて、衣桁の花嫁衣裳に眼をやった。しばらく黙って見ていたてるが、

「いい富士のお山と松だねえ、おまえさん」

と言った。

「てる、おめえには分かるな。おれの縫箔とそめのそれの違いがよ」

「何十年連れ添ってきたと思っているんだよ。私の死んだお父っつぁんも縫箔師だったっけ。けど、わたしゃ、女職人になる勇気がなかったよ。それをそめはやり遂げようとしている、そうだね、おまえさん」

「てるの親父はわっしの師匠のひとりだ。そんな親父の芸には達しないと思い切るのもひとつの勇気だ」

「妙な褒《ほ》め方だね、でもそのお蔭《かげ》で江三郎って縫箔の名人と連れ添うことになった。そうだね」

「おお、まさかおめえの口からのろけ話を聞かされるとはな」

「今晩は、男衆《おとこし》には酒を、そめには甘いものをつけようかね。こんなきれいな花嫁衣裳が出来上がった祝いだ」

てるの言葉に男衆から歓声が上がり、おそめの瞼《まぶた》が潤んだ。

二

札差は、両替商と並んで江戸の金融業の最高機関と言っていいだろう。将軍直属の旗本・御家人に支給される蔵米を販売して換金したり、蔵米を担保に金貸しをしたりして手数料を得る。

「分限者・富豪といえば札差」

と最初に名が挙がる存在だ。

浅草蔵前通にわずか百余株の札差、高利貸商人が、「旗本八万騎」と徳川幕府開闢《かいびゃく》の頃に誇った大多数の武家集団の金融を独占して莫大な財力を築いた。その力は江戸経済のみならず、文化・風俗にまで及んだ。

大岡越前守《おおおかえちぜんのかみ》より株仲間の認可を得た享保《きょうほう》九年（一七二四）七月二十一日、

「浅草御蔵前札差宿の儀、外のもの札差宿致さざる様に仕り、組合を定め」

とあるように百九株の札差仲間、組合が組織された。

江戸期を通じて、この百余株は、天王町組の六番組、片町組の六番組、森田町組の六番組と分かれ、浅草御蔵前に大半が店を構えた。この百余株の中でも屋号が伊勢屋、板倉屋、坂倉屋、和泉屋が多かった。

縫箔を江三郎に願った伊勢敬《いせけい》こと伊勢屋敬左衛門は、天王町組二番組に属し、安永年間、札差三指に入るほどの財力を得て、絶大な力を誇っていた。巷《ちまた》では、

「伊勢敬の蔵に眠りし大判小判、公儀御金蔵と比べようもなし」

と噂《うわさ》されていた。

伊勢敬の店は御米蔵七番堀の西方、御蔵前通の天王橋の西南の堀に面した角地にあった。伊勢敬の店前にある船着場から天王橋を潜《くぐ》り、八番堀の南をぬければ大川へと出られる。

江三郎とそめは、呉服町に近い日本橋から船を雇い、日本橋川から大川に出て、御米蔵八番堀南側の堀を経て天王町の伊勢敬の船着場に婚礼衣装を届けた。

昼前、四つ（午前十時）過ぎのことだ。船を待たすことなく船宿に戻した。いつ、どのようなかたちで品納めが果たせるか、江三郎にも判断つかなかったからだ。

伊勢敬の店と住まいは、手入れの行き届いた庭を挟《はさ》んで離れていた。

むろん花嫁衣裳の納めは事前に許しを得てあった。ために伊勢敬では主《あるじ》一家が待ち受けていた。

江三郎は内儀のお香《こう》に、

「お内儀様、衣装を衣装箱より取り出して衣桁に飾り付けしとうございます。披《ひ》露《ろう》にはしばし時を貸してくだされ」

と願った。

庭に面した床の間付き十六畳の座敷が江三郎とそめ師弟のために明け渡された。

この朝、江三郎はそめに、

「客の伊勢敬に供をしねえ」

と命じた。

品物を納める場合、親方と助っ人をした職人が品納めに行くことが多い。職人頭の裕次郎らが供に命ぜられた。年季奉公が高々四年足らずのおそめが親方の供で客の家を訪ねたことはない。それがいきなり大仕事の伊勢敬だ。おそめは、

「私でよろしいのでございましょうか」

と聞き返さなかった。

親方の命《めい》は絶対だし、何事も問い返されることを江三郎が嫌ったからだ。裕次郎は若い頃、

「わっしが親方の供で」

と問い返しただけでビンタを張られたと、酒に酔った折りに半ば自慢げに洩らしたことをそめは記憶していた。

伊勢敬の衣桁は、朱漆塗《しゅうるしぬ》りの立派なものだった。

江三郎が手掛けた打掛けと振袖を真ん中に、右端におそめの仕事の家紋入りの黒留袖と三つが飾られた。そして、その衣桁の前に敷かれた畳紙《たとうがみ》のうえに帯が広げておかれた。

江三郎が念入りにかけ方を注視し、よし、と小声で言い、座敷の端に座った。そめもその背後にぴたりと控えて正座し、顔を伏せた。

「お待たせ申しました」

との江三郎の声で隣室に控えていた女衆《おんなし》が襖《ふすま》を左右に開き、伊勢敬の旦那夫婦と嫁に行くお陽が座敷に入ってきて、足を止めた。

三人はまず「四季折々花鳥風月図」に眼差しを向けて凝視した。だれもが黙り込み、ただ注視していた。

長くて重い沈黙が内儀の、ふうっという吐息で崩れ、

「お陽、どうですね、江三郎親方の仕事は」

と敬左衛門が尋ねた。

お陽はそれには答えず帯の前に座して雪をいただいた富士の高嶺に飛ぶ白鳥の群れを凝視した。帯の左右には花王《はなのおう》とも呼ばれる桜が散らされて咲き誇っていた。

「おっ母さん、うちの座敷に艶やかな景色が広がって言葉になりません」

「お陽、さすがは当代一の縫箔師呉服町の江三郎親方の仕事じゃな、白無垢綿帽子で嫁入りしたあと、夜明け前にお陽が衣装替えしてみなされ、だれもが酒に酔い、半ば眠っていた客が驚きで眼をさましましょうな」

「森田町の板倉屋の清之助《せいのすけ》さんもきっと気に入ってくれますね」

お陽が幼馴染《おさななじ》みにして婿《むこ》になる清之助の名を出して言った。

「この衣装で驚かない男やったら、祝言《しゅうげん》は中止です」

お香が言い切った。半分真顔で半分は冗談だ。

「祝言を中止して、どないするんです、おっ母さん」

「お陽、うちに戻ってくるんや」

しばし母親の顔を見ていたお陽が、

「呆《あき》れた」

と洩らし、

「清之助さんはきっと気に入ってくれます」

と言い添えた。

そめは、お陽の嫁入り先は同業の板倉屋の嫡男《ちゃくなん》であることを承知していた。清之助とお陽は似合いの美男美女、そして、三代目の縫箔師江三郎が精魂こめた花嫁衣裳がお陽に似合うことを確信していた。

三人が遠目に近目にと縫箔の豪華絢爛《けんらん》としながら、気品に満ちた衣装と帯を眺めた。

不意に伊勢敬の視線が江三郎に向けられた。

「伊勢敬の旦那、いかがでございますか」

「親方、言わずもがなの問いをしなさんな」

江三郎が無言で頭を深々と下げ、そめも両手をついて平伏した。

職人は、なにが怖いと言って、客の前に仕上げた品を、仕事を見せて、

「なんですね、この仕事」

と拒まれることだろう。

「よう無理を聞いてくれました。親方、あんたにうちで注文をしたとき、それだけの仕事は一年以上を頂戴《ちょうだい》しないとできないと断りましたな」

顔をわずかに上げた江三郎が、

「へえ」

と応じ、

「私が、『なに、伊勢敬の娘の祝言を日延べしろと言いますか』と声を荒げましたな、京の縫箔屋と考えが合わず、おまえさんに願った折りのことでしたよ。無理は承知の頼みでした」

「へえ、よく覚えております。かような大仕事の注文にしてはどだい無理難題と思いました」

「あんたは一日考えさせてくれと願われた。できるのならばどうして即答しませんでしたな」

伊勢敬の旦那が江三郎を問い詰め、

「あれはどだい無理な注文でございましたよ」

と同じ言葉を江三郎が繰り返した。

「だが、こうして見事な『四季折々花鳥風月図』の花嫁衣裳が出来上がっていますな、どうしてやろ」

江三郎の返事にはしばし間があった。

「商人には商人の御法度《ごはっと》があるように職人にも御法度がございます。いちばんの御法度は無理な注文をうけて約定《やくじょう》の日にちに間に合わないことです」

「私どもの商いも一緒や、三代目、あんたは職人の御法度を曲げなさったか。うちの注文ゆえにな」

「その問いに否とも是とも答えられません。こちらの、お陽様の祝言を遅らせるなんて、わっしら職人風情《ふぜい》ができっこねえ」

「それで」

「わっしがお断わりをしようとしたとき、『ほかを当たりなせえ』との言葉が喉《のど》まで出かかっておりましたよ。この江戸には、銭に眼がくらんで引き受ける縫箔師はおりましょう。だが、そやつの仕事に伊勢敬の旦那もお内儀様も、嫁に行かれるお陽嬢様も満足するわけねえ。口幅ったいようだが江戸でこちらを満足させられるのはわっしだけと自負しておりました」

うんうんと伊勢敬が頷き、内儀もお陽も江三郎の言葉に賛意を示す表情を見せていた。

「一日、悩んだ末に人間、いえ、職人が命をかけてやればできねえものはねえと、思い直したんでございますよ」

「ほう、一日で変心された。できないはずの仕事がこうして祝言の三日前に届いた。なにがあったんですね、三代目」

「こちらの呉服屋は四条山城屋さんでしたな。わっしは四条山城屋に掛け合い、この婚礼衣装と帯の仕立師はだれかと尋ねました。そして、老練な職人二人を教えられた。むろん四条山城屋はうちの事情を察したうえのことですよ。この半年、わっしが縫箔を終えた箇所から仕立てを願いましたんで、つまりは縫箔をしながら仕立てを進めてきたんでございますよ。わっしがこうしてこちらに婚礼の三日前に届けられた理由の一つでございますよ」

「驚きましたな、私どもはただそなたに願えばなんとかなると思うておりましたがな」

伊勢敬が驚きの言葉を洩らし、お陽が、

「ああ、分かったわ。四条山城屋に呼び出されて仕立師の二人から私の体の寸法をえらく丁寧《ていねい》にとられたことがございました。あのことも親方の縫箔に関わりがあったのでございますね」

「へえ、いかにもさようでございますよ。縫箔師と仕立師が時を同じくして作業をするなんて初めてのことでございました」

「いやはや」

伊勢敬が驚きの言葉を重ねた。

「三代目、そなた、最前、こうして無理が通ったのは、仕立師と力を合わせたのが理由の一つと言われましたな。まだなにか創意工夫がございますかな」

「ございます」

と応じた江三郎はしばし瞑目《めいもく》した。

「伊勢敬の旦那、うちに年季を経た弟子が何人おるかご存じございますまいな」

との問いに伊勢敬は知らないという風に首を横に振った。

「うちにはそこそこの縫箔の技を習得した弟子が八人おります。こやつどもが手掛けた縫箔もわっしの名でお客様に納められます。それは職人仕事ならばどこも当たり前のことでございますな」

「分かりましたよ、三代目。その先は口にしなさんな」

「伊勢敬の旦那、どうお分かりになりましたな」

と江三郎が反問した。

「弟子たち総出でうちの仕事のためにこの半年働かせたのと違いますか」

伊勢屋敬左衛門の決めつけに、こんどは江三郎が首を横に振った。そして、お陽を見て、

「お嬢さん、わっしが花嫁衣裳の品納めに連れてきたこの娘に見覚えはございませんかえ」

と話柄を変えるように視線を傍らに控えるおそめに送った。するとお陽が、

「どちらかでお目にかかったと思うておりました。前に呉服屋の四条山城屋の店先で会《お》うたと違います」

「はい、その折り、お陽様の品選びを見せていただいた者でございます」

「どういうことや、三代目」

「最前、四条山城屋に出入りする老練な仕立師のことを話しましたな。そのこととは別にもう一つ、考えたことがございます。うちに住み込み弟子が八人いようと、八人すべてがかような大変な注文をこなせるわけではありません。八人が他の仕事を止めて、おまえはこれ、そなたはこっち、と分業ができるわけもありません、力の差がある八人が高い技量と独特の絵心をもとめられる縫箔仕事を大勢でするなんて、ごちゃごちゃになってできっこございません。ひどい仕事になったはずだ」

「ううーん」

伊勢敬の旦那が唸《うな》った。

お陽も内儀のお香もおそめを見ていた。その顔は、

（名人上手と言われた縫箔師三代目とそめがどのような関わりがあるのか）

という訝《いぶか》しさをもって見詰めていた。

江三郎の言葉は続いた。

「繰り返しになりますが、もうしばらくわっしの言葉を我慢して聞いてください。ほんとうはわっしがすべての縫箔をするのがいい。が、ときがない。その折り、ふと思いついたことがございます。このそめ、だと思ったのです」

江三郎がそめを見た。

「親方、おまえさんにそめさんなんて娘はおりませんな」

「へえ、倅だけです。このそめは、三代続く縫箔師の初めての女弟子ですよ」

「な、なにっ、おまえさんは女子の弟子をとりましたか」

「へえ、深川生まれの娘はわっしの縫箔を見て、好きになったというのです。あちらこちらでわっしの仕事の追っかけをして見て回り、どうしても縫箔の仕事がしたいと気持ちを固め、うちに訪れました。いまから四年前のことでございますよ。ひとりではございません、付き添いがおりました」

「親御さんかな」

「いえ」

と江三郎が顔を横に振った。

「神保小路にあった剣道場尚武館道場の坂崎磐音様と申されるお方と両替商今津屋の奥向き女中のおこんさんのふたりでした」

「えっ、この娘の付き添いのひとりが今津屋小町のおこんさんですか」

とお香が呻《うめ》いた。

「坂崎様というお方、西の丸徳川家基《とくがわいえもと》様の剣術指南でございましたな」

伊勢敬が念押しした。

「へえ」

「幕府の官営道場といわれた神保小路の尚武館道場はいまございませんな」

「老中田沼意次様のお指図でお取り潰《つぶ》しになりました」

江三郎の話題が転じて、伊勢敬の三人はどう考えればと戸惑っていた。

「伊勢敬の旦那、こちらは田沼様と関わりがございましょうな」

「親方、いまをときめく田沼意次・意知《おきとも》父子ですよ。私ども札差とは関わりがないと言えば嘘《うそ》になる。だがな、親方、蔵米を代々扱うだけに政《まつりごと》とは、とくに全盛を誇る老中方とはそれなりに間をおくというのが先祖からの教えでございましてな」

と言外に田沼老中とはつかず離れずだと言った伊勢屋敬左衛門がしばし黙り、思案に落ちた。そして、

「今津屋さんと尚武館道場は深い縁がございましたな」

「へえ、佐々木玲圓《れいえん》様の跡継ぎの坂崎磐音様とおこんさんは佐々木家に婿と嫁で入られ、神保小路の道場を継がれました」

「だが、西の丸徳川家基様が若くして身罷《みまか》られたあと、尚武館道場に悲運が見舞いましたな」

「へい、話が広がりましたが、このそめの付き添いは佐々木道場の跡継ぎになるお二人でございました。わっしはね、深川生まれの娘の付き添いにも驚いたが、十四、五だったそめの絵心に驚かされましたんで。ですがね、ご存じのように大概の職人の世界は髪結いなどごく一部を省いて女を奉公させることはない。わっしは、ふたりの付き添いとこのそめに一年待って、まだ縫箔の仕事がしたいならまた訪ねておいでなされと、その折りは弟子入りを許しませんでした。その一年の間、そめは今津屋の奥向きの女衆として奉公し、今津屋で重宝され、可愛がられたそうな」

「天下の今津屋ですよ、先の日光社参だって今津屋が助けなければ公儀だけではとてもなしえませんでしたな。それほどの力をお持ちだ、その奥によう奉公できましたな」

と感嘆した伊勢敬が、

「で、いまは親方の女弟子やな」

「うちに訪ねてきてから一年後、今津屋ではここで奉公を続けないか、さすれば今津屋から然るべきところに嫁に出してやろうと、今津屋吉右衛門様も内儀のお佐紀様も大番頭さんも引き留めたそうです。だが、こいつはうちで縫箔の修業がしたいとふたたび坂崎磐音様とおこんさんを伴って訪れたんですよ」

「親方、もはや断れないな」

「断りできませんや。あれから四年、うちの住み込み弟子のなかではいちばん年季が浅うございます。ですが、そめの頑張りは並みではございませんでした。男の門弟の何倍も仕事をしましたんです。長い話になりましたが、こたびのこちらの大仕事に助っ人弟子ではのうて、花嫁衣裳の半分の仕事をさせようと考えましたんや」

「この花嫁衣裳の縫箔の半分をこの女弟子がやったと言われますか、親方」

そんなことは信じられないといった顔で伊勢敬が言い切った。

「へえ」

「驚きました」

と内儀のお香がいい、

「魂消《たまげ》たな」

と伊勢敬の旦那が眼前の花嫁衣裳に視線を向けた。

「わたし、分かったわ」

とお陽が言った。

「なにが分かったんだ」

「この打掛け、振袖、留袖、帯の四つのうち、おそめさんが手がけたのがどれか分かったのよ」

「私には分かりません。親方は、江戸一の名人上手じゃぞ。それが四年足らずの女弟子と見分けがつかないなんて、そんなことがありますか」

と伊勢敬の旦那が言い、

「私も区別がつきません」

とお香も言った。

お陽が衣桁の前に長く広げられた帯を見て、

「この帯と裾に松葉模様の留袖がおそめさんの仕事よ」

と言い切った。

伊勢敬の旦那と内儀が江三郎を見た。

「お嬢様の申されるとおり、この二つがそめの仕事にございますよ。わっしはひと針も手掛けていません。お陽様、どうしてそう見分けられましたな」

「親方は最前、おそめさんには天賦《てんぷ》の才、絵心があると言われましたね。帯と留袖、親方の打掛けと振袖、女と男の感じ方の差があるのです。わたしには技の違いは分かりません。けど、どこかわたしの花嫁衣裳のなかで二つと二つ、雰囲気が違うと思ったんです」

ふうっ
と伊勢敬の口から吐息が洩れた。

おそめが改めて姿勢を正し、

「お陽様、ありがたいお言葉でございました。どうか親方の縫箔の花嫁衣裳を着て、幸せな祝言が催されることをお祈りしております」

と頭を下げた。

三

浅草瓦町《かわらまち》に差し掛かったとき、江三郎が、

「伊勢屋のお内儀から注文があったか」

「はい、お陽様の黒留袖と同じものと注文を受けました。お陽様のは、嫁入り先の家紋の結び桜ですが、『私には伊勢屋の松竹梅で願いたい』との注文にございました。それでお内儀様のお体の寸法などを測らせてもらいました。こたびの婚礼には間に合うまいが、秋口に親戚の祝言があるとか、その日に間に合わせてほしいとのことでした」

「ほう、品納めに行ってあらたな注文を受ける、職人冥利《みょうり》に尽きるじゃねえか」

足を止めたそめが、

「親方に問うてから返答を申し上げると答えてきましたが、それでよろしかったのでしょうか」

「あれだけの誉め言葉をもらったあとの注文をだれが断れるよ。おめえ、伊勢屋の家紋が松竹梅と承知してお陽さんの裾模様に小松をあしらったか」

「はい」

「四条山城屋にて質《ただ》したか」

ふたたび短く、はい、と返答をしたそめに江三郎が大きく頷いた。

師弟ふたりは歩き出した。

「嫁に行っても自分の娘には変わりあるめえ。また婚家先が同じ札差仲間で、亭主になるお方がお陽様とは幼馴染み、お陽様の表情を見ていると嫁様の不安はなさそうだ、花婿花嫁ともに仲がよさそうだな」

「物心ついた折りから、お陽様は『わたし、清ちゃんのお嫁さんになってあげる』と言い続けてきたそうです。婿の清之助様も『お陽が嫁に来るのはさだめだ、仕方ない』と応じたそうです」

「板倉屋の清之助さんはいくつだえ」

「お陽様とは五つ違いです」

「伊勢屋と板倉屋が縁戚になれば、もはや蔵前の札差仲間では怖いものなしだな」

と江三郎が得心したようにいった。

「親方、お尋ねしてよろしいですか」

「なんだ、言ってみねえ」

「親方には御注文はございませんでしたか」

「おめえと違い、注文はなかったな」

と苦笑いした江三郎だが、伊勢敬の旦那と男同士の話にはどことなく満足した表情が感じられた。

「私ども女だけになったとき、お内儀のお香様もお陽様も、親方の縫箔を着て板倉屋のお嫁さんになる、と大喜びで打掛けと振袖の四季折々の花々の色合いが優美だ、華やかだと大満足の様子で話が尽きませんでした」

「待ちねえ、そんなこと、おれの前ではひと言もなかったぞ。そめ、おめえの仕事の話ばかりでよ」

「私もなぜ親方に直に申されませんとお尋ねいたしました。すると」

とそめが一拍おいた。

「すると、なんでえ」

と江三郎が質した。どことなく険しい顔つきに変わっていた。

「名人上手と言われた親方の仕事をうんぬんするなんて、恐れ多いそうです。そう、お香様が申されました。お陽様は、『わたしは今夜眠れそうにない、祝言の衣装替えが楽しみ』だと幾たびも繰り返されておられました」

ふっ、と吐息をひとつした江三郎が、

「注文した客が喜んでくれるのは、なにより職人冥利だな、そめ」

「はい。私は初めてのことです。親方、かような大層な大仕事を手伝わせていただき、ありがとうございました」

足をまた止めたおそめが往来の真ん中で頭を下げた。

「うん」

と照れたように返事をした親方が、

「おれの弟子だ。おめえの仕事を妬む仲間はいないと思うが、いいか、これまでどおり修業を続けねえ。まずは弟子入りして十年で半人前だ。だが、そめ、おめえは四年でそいつをこなした。おりゃ、この途《みち》四十数年、初代と二代目から縫箔の基を教えられたのが七つ八つだったかな。それでも親父にもじい様にも芸が辿《たど》りつかねえ、それほど奥が深いのがおれたちの選んだ途よ」

こんな話を江三郎がするのをおそめは初めて聞いた。

「親方のお言葉、肝《きも》に銘じます」

ふたりの前に神田川に架《か》かる浅草橋が見えてきた。

「思わず伊勢屋さんでときを過ごし、昼めしを食いはぐれたな。どこぞで美味《うま》いもんでも食していかねえか」

こんな言葉もまた江三郎から初めて聞いた。名人上手と呼ばれる江三郎にして、こたびの仕事は、生涯に一つふたつあるかなしかの大仕事だったのだとおそめは改めて気付かされた。

「親方、胸がいっぱいでなにを出されても食べられません。残したりしたら勿体《もったい》ないです」

「そうか、おれもさ、腹が空《す》いたというわけじゃねえ」

と応じた江三郎が、

「ならば、一軒立ち寄る先がある。道筋よ、そこに寄っていこう」

と提案を即座に引っ込めた。

ふたりは浅草橋を渡り、浅草御門を潜った。そして、江三郎は、両国西広小路のほうへと足を進めた。

（あら、まさか）

とおそめは思った。

両国西広小路の西側には一年だけ奉公した本両替商の今津屋があり、おそめの代わりに妹のおはつが奥向きの女衆として働いていた。

「今津屋さんに立ち寄られますか、親方」

「いけねえか、今津屋だと」

「いえ、私の奉公始めは今津屋さんで、ただ今は」

「妹が奉公しているんだったな」

「はい」

「伊勢屋さんで頼まれものをしたんでな、急ぎではないがふと思いついたんだ」

「親方、私、頼まれものの間、店の前で待たせていただきます」

「おこんさんはもはやいないが、大番頭の由蔵さんがそんな無作法を許すかね」

「店の前で待つのは無作法ですか」

「そうじゃねえか、おめえはうちに来る前に一年奉公していたんだ。店に入って直に大番頭さんや奉公人に挨拶《あいさつ》するのが礼儀というもんだ」

「はい、ならばそういたします」

おそめの顔が和《なご》んだ。

昼時分で、奉公人の数が少なかったが、大番頭の由蔵は帳場格子《ごうし》のなかで算盤《そろばん》を弾《はじ》いていた。だが、訪問者の気配を感じてか、

「いらっしゃいまし」

と顔を上げ、

「おや、呉服町の親方、え、おそめさんも一緒かね。まさか」

「まさか、なんだい、大番頭さん」

「おそめをうちに返すというのでお見えになった」

と由蔵の間の抜けた問いにしばし沈黙した江三郎が、

「大番頭さんよ、冗談にしてもなしだ。うちの宝をそう易々《やすやす》とこちらに返せるものか」

と言い切った。

「おお、私としたことがなんとも無様な言葉を口にしましたな」

と狼狽《ろうばい》する由蔵に笑みで答えた江三郎が、

「品納めに御蔵前まで行きましてな、その帰りですよ」

「おお、そうでしたか。ようお出でなされました。親方、店ではなんだ、奥に通ってくれませんか」

と願った。

「そめがね、店の前でわっしの用事が済むのを待つと言うんですがね」

「それこそご冗談ですよ、親方。おそめはうちから親方のもとへ鞍替《くらが》えした娘ですよ。奥に通って主夫婦に挨拶なされ、それが礼儀でしょう。そのあと妹のおはつに言葉をかけなされ。親方、それでいいですね」

「むろんでさ」

江三郎がそめを振り返った。すると店の広い土間でそめが姿勢を正し、

「大番頭様、ご一統様、久しぶりです。一年ほどお世話になったそめにございます。その節は」

「待った。それ以上、長い挨拶は奥でなされ。そなたとてうちで奉公した娘、いや、待ってくだされ。もはや娘と呼べませんな。いい女職人になられた、その顔が私どもに教えていますよ。ささっ、早く奥へ通りなされ」

というところに奥から店へおはつが姿を見せ、

「お姉ちゃん」

と驚きの声を上げた。そして、姉の頰《ほお》がそげているにも拘《かかわ》らず、来し方に満足している表情が見られて、どうしたのだろう、とおはつは訝しく思った。

「おはつ、おまえの姉さんは、縫箔職人の江三郎親方のもとで遠慮を覚えたそうな。店の前で親方の用事が終わるのを待つと言ったそうです。店前で立たれても

うちが困ります。ささっ、早く姉さんを奥座敷に連れて行きなされ。親方は用事を済まされてから、奥へ私と一緒に行かれますでな」

と由蔵の言葉に送られて、おはつが姉のそめを連れて奥へと向かった。

「大番頭さん、すまねえが帳場格子の前でちょいと話させておくんなせえ」

上がりかまちから帳場格子の前ににじり寄った江三郎が、

「御蔵前の伊勢屋敬左衛門様の娘御の花嫁衣裳の縫箔を頼まれましてね」

と前置きした。

「おお、娘御のお陽さんが同業の板倉屋の嫡子《ちゃくし》清之助さんと祝言を上げるんでしたな。うちの主夫婦にもお招きがかかっておりますよ」

「そうでしたか、そりゃ、話が早いや」

と言った江三郎が懐《ふところ》から一枚の書付を出し、由蔵に渡した。

「なに、伊勢屋敬左衛門さんでは縫箔代を為替《かわせ》で支払われましたか」

と首を傾《かし》げて眼鏡《めがね》をかけた由蔵は、為替の数字を読んで江三郎を無言で見返した。

「なんぞ訝《いぶか》しゅうございますか」

「訝しいどころじゃない」

「大番頭さん、こちらでは換金はダメですかえ。伊勢敬の旦那には、『縁があるんだ、帰りに今津屋に立ち寄りなされ』と言われたんだがな」

「親方、ああた、こりゃ、大した値だ。さすがに名人上手の縫箔代はなかなか高うございますな」

「わっしはこちらから縫箔代を願ってませんがね」

江三郎は、由蔵が手にする為替に視線をやって、

「いくらと書いてございますので」

「六百両」

「冗談はなしだ、大番頭さん」

「いくつ縫箔なされました」

「振袖、留袖、帯に打掛けの四点ですよ。半年以上、ときを要しましたがね、このような注文では、一桁、いや、職人次第では二桁値が低うございますな」

「それを伊勢敬の旦那は、一点百五十両あてに江三郎さんに支払われました」

「大番頭さん、わっしは職人だ。為替なんてもんは初めて目に止めた。こちらで換金してくれと願ったら、いくら頂戴できるんですね」

「親方、この伊勢敬の旦那の名入りです。即金の換金手数料は三分としてござい

ます。ゆえにうちで十八両を差し引いて五百八十二両をお渡しいたします」

由蔵の言葉に江三郎が茫然自失《ぼうぜんじしつ》した。

「これからの話は店先ではなんだ。店座敷に通ってくださいな、親方」

と由蔵が為替を手に店座敷に江三郎を案内した。

「親方、本日、お持ち帰りならば手代に運ばせます。呉服町まで手ぶらでお帰りなされ。六百両はそれなりに重うございますでな」

「冗談はなしだ、五百八十何両なんて大金を職人の家のどこに置くんですよ。火事でも起きたら燃えちまいます。なにより、家に大金があると思ったら明日から落ち着いて仕事ができませんや」

「吉原あたりで豪遊なされますか」

「もはやそんな歳じゃありませんよ。職人が持ち慣れない大金を持つと、ろくなことはねえ。わっしらの仲間で神田明神の富籤《とみくじ》にあたった野郎がいましてね、大番頭さんの言う飲み打つ買うの三拍子の遊びに身を持ち崩し、一家はばらばら、仕事先からは愛想はつかされる、気付いたときにはすってんてん、職人の腕まで落ちていて、最後は首つり心中だ」

「親方ならばその心配はございますまい。ですが、この大金をただ今換金するのはよくございませんな。うちで預かり、手堅い儲け口に投資して日銭を稼ぎますか」

「大番頭さん、日銭は明日からまたこつこつ働いて稼ぎます。預かってくれればそれでようございます。お願いできますかえ」

「となれば、親方はうちのお客様です。帰りまでに五百八十二両の預かりの証文と手数料十八両の受け取りの書付を用意しておきますでな」

「大番頭さん、そいつをこちらで預かってはくれませんか」

「親方、証文と書付くらいお持ち帰りなさいまし。最前も申しましたが江三郎親方が放蕩《ほうとう》にふける気配はございませんでな。それに金子というもの、蓄えていると思えば気持ちに余裕ができましょう。いまよりいい仕事ができますよ」

由蔵の言葉に江三郎が思い付いた。

「ちょっと待った、大番頭さん。証文だか、書付だかもう一枚増やしてくれませんか」

「それは構いませんけど」

「いやね、こたびの仕事についてはそめの働きが半分ございましてな。できることならば、そめになにがしか与えたい。ただし、今じゃねえ、あいつが縫箔職人として独り立ちする折りに証文を渡し、こちらで換金してもらいます」

「親方、おそめは未だ修業の身、決まった給金はございませんな」

「はい、ございません。ただし、二十歳を過ぎてそれなりの仕事ができるようになったただ今、一年に二両、そのうえ、経験を経るごとになにがしか手当を上げております。例えば職人頭の裕次郎の年給は十五両二分です」

と返答した江三郎が花嫁衣裳の注文からあれこれとあったことを懇切《こんせつ》に説明した。その言葉を聞いた由蔵が、

「おそめはたった四年でそれほどの仕事をする職人に育ちましたか。それもこれも親方の教えがあったからだ」

「それもございましょう。ですがね、おそめの絵心は、生まれ持った才と恵まれた運にございますよ。こたびの仕事について伊勢敬の旦那にもお香様にも花嫁になるお陽さんにも説明してございます。そのうえでこの大金をわっしの縫箔料として支払いなされた。となれば、おそめが半分貰《もら》ってもいいはずだ」

「親方、親方の気持ちは分かります。されど考え違いですぞ。最前も言ったがおそめがそれだけ腕を上げたというのならば、親方の指導がよかったからだ。違いますかな」

うーむ、と江三郎が呻き、

「まさかおそめにそのような才があるとは夢にも思いませんでしたよ。四年前、うちでは主夫婦を含めて引き留めましたが、おそめの決心は変わりませんでした。あの判断は正しかったですな」

と由蔵が感心した。

しばし腕組みして沈思していた江三郎が、

「大番頭さん、わっしひとりが貰《もろ》うていいかね。おそめの働きがなければ、こたびの伊勢屋さんの大仕事はし遂げられなかったんだがな」

と首を捻《ひね》った。どうも得心できない様子だった。

由蔵も思案した。

長い沈黙を江三郎が見詰めていた。

由蔵がようやく口を開いた。

「親方、二十歳の職人見習いがどんな仕事をし遂げようと親方が背後に控えていたからできたんですよ。おまえさんは、『いや、わっしはひと針も手伝ってねえ』と弟子の仕事と申されるかもしれませんが、それは違う。親方がいたからこそ、おそめはそれだけの仕事をなし、伊勢敬の旦那は、縫箔師三代目江三郎さんの名に法外な縫箔料を支払われたのでございますよ。伊勢屋さんにとって六百両くらいは大した額ではありません、祝儀の折りに十分に取り返します。衣装替えの衣装に札差の伊勢敬は六十両支払ったでは、あの界隈《かいわい》で評判にもなりますまい。だが、六百両となると、『さすがは伊勢屋敬左衛門、花嫁衣裳の縫箔代に六百両もの金子を出した』と伊勢屋の株が大いに上がります。そのうえですよ、祝儀の場でおまえさんの縫箔を見た祝い客が、うちの娘に嫁にと、呉服町の親方の店に注文につめかけますよ」

「そりゃ、困る。かようなことが頻繁に起こるとなると、弟子どもが勘違いをして仕事がおろそかになりますでな」

「大事なところはそこですよ、親方」

しばらく由蔵の顔を見ていた江三郎が聞いた。

「どうすればようございますな」

「親方、もう一度申し上げますよ。縫箔料六百両を伊勢敬の旦那は三代目のおまえさんの名に出されたんです。たしかに額は大きいが、これはね、おまえさんから請求したことではない。名代の札差の伊勢敬の旦那が『これだけの価値がある』と考えた結果です。ともかく三代目縫箔師江三郎の名が得た金子です」

「そりゃ、分かっているんだがね」

「それでね、親方。本日、二十両のおそめの預かり証文を造ります。そして、独り立ちする折りに使えるようにしておきます。いいですか、おそめにも他の弟子にもこのことは内緒にしておきなされ。あと六年、おそめがこれまで以上の才を開花させることが大事ですからな」

由蔵の言葉にしばし沈思した江三郎が大きく頷いた。

「奥座敷で吉右衛門、お佐紀夫婦におそめ、おはつの姉妹が待っています。いいですか、本日の話は、伊勢屋の一家が大喜びしたということで留《とど》めてください。縫箔のお代の話はなしですよ」

と最後に由蔵が念押しした。

四

今津屋の手入れの行き届いた庭に面した奥座敷に縫箔師の江三郎が入るのは、初めてのことだった。

吉右衛門、お佐紀夫婦におそめがいて今津屋の跡継ぎの一太郎《いちたろう》ら子供を交えて賑《にぎ》やかだった。

「旦那様、江三郎親方をご案内いたしました」

「おお、待っておりましたよ、親方。おそめから聞きましたが、天王町組の伊勢屋敬左衛門様の娘御の婚礼衣装の縫箔を頼まれ、品納めに参られたとか。江三郎親方の手になる縫箔です、さぞ喜ばれたでしょう」

江三郎が座敷に腰を落ち着けるのを待ちかねたように吉右衛門が問うた。

「お久しぶりでございます。今津屋さんは相変わらず御盛況の御様子、わっしが言うのもなんだがほっと安堵《あんど》いたしました」

江三郎の久闊《きゅうかつ》を叙する挨拶の背景には、田沼意次・意知父子の幕府専断政治があった。田沼親子の横暴は家治《いえはる》の無能無策を背景に城中ばかりか、商家や町屋にまで広げられていた。

「うちはまずまず変わりません。それより伊勢敬の一家はどうでしたな」

吉右衛門は差し障《さわ》りのある話よりめでたい話題に戻し、

「そめは話していませんか」

と江三郎が問い返した。

「私ども夫婦がいくら尋ねても、このことは親方に聞いてくださいの一点張りでしてな。一言も聞かされておりません」

それは、と江三郎が座り直す傍らから大番頭の由蔵が、

「旦那様、親方の縫箔に伊勢屋一家は狂喜して喜んだそうですぞ」

「ほうほう、そうでしょう、そうでしょう。それにしても祝言は白無垢綿帽子が習わしですが、親方の縫箔はどう使われましたな」

と吉右衛門が祝言に縫箔が結びつかず尋ねた。

「旦那様、さすがに札差商の伊勢敬さんはなにごとも豪奢ですな。衣装替えの振袖、打掛け、帯、それに黒留袖の四つに縫箔を施されたそうで、花嫁のお陽様は、その出来栄えに涙を流して喜ばれたそうですぞ」

由蔵が江三郎から聞いた話に輪をかけて話し始めた。

「そりゃ、伊勢敬の旦那は大満足ですね、これで祝言の日の楽しみが増えました」

と祝言に招かれている吉右衛門が大きく頷きながら言った。

「旦那様、四年前、無理におそめをうちに引き留めなくてようございましたね。もはやおそめの顔は女職人の顔です」

とお佐紀が言い切った。

「そう申されると今日のわっしは口が緩《ゆる》んでましてね、なんでも喋《しゃべ》りたくなる」

江三郎の言葉を聞いた由蔵が慌《あわ》てて袖をひっぱり注意した。

「ほらね、大番頭さんがこうして口を封じようとなさる。少しでも、出だしの部分を話すのもだめですかね」

「なんですね、出だしだなんて約束が違いませんか、親方」

と由蔵が江三郎ににじり寄り、仕方ないという顔をした。そこでにんまりとした江三郎がひと息入れて喋りだした。

「ご一統様、伊勢屋さんの花嫁衣裳は最前も申しましたが、四点にございました。半年の間にとてもわっしひとりではし遂げられません」

「親方、京で修業した季一郎さんともう一人、京帰りの弟子がいましたな」

「へえ、おります。ただし、二人には指一本触らせていません。というのもわっしが伊勢屋さんの花嫁衣裳に専念すると弟子たちの面倒を見るのは倅でございましょう。また、もう一人の京修業の弟子の感じも少しちがうようで頼んでおりません。ともかくこの半年の間、仕事部屋の座敷には身内だろうがなんだろうが、出入りを禁じてございます。ただ、仕立師は別ですぜ」

と江三郎が言い訳した。

おはつと女衆が新たに茶菓を運んできた。するとお佐紀が、

「おはつ、この場に残り、親方の話を聞きなされ」

と命じた。

お佐紀はなんとなく親方の話におそめが関わっていると思ったのだ。

「はい」

おはつが姉のいる座敷に留まった。すると、

「まさか、あの話、冗談ですよね、真《まこと》と違いますな、親方」

と由蔵が店での話を呟《つぶや》き、

「大番頭さん、決まってます」

とお佐紀が由蔵の戸惑いに応じた。

「なにが決まっておりますので」

「おそめさんが親方の手伝いをしたんと違いますか」

とお佐紀が言い、おはつがびっくりした顔で姉を見た。

そめは感情を押し殺したような顔で畳を見ていた。

「お佐紀、それはありますまい。いくらおそめが達者で仕事熱心とはいえ、名人上手の江三郎親方の手伝いができますかな。うちから修業に出たのが四年前です

よ、うちならば小僧から手代になるかならないかですよ。この場におるおそめには悪いがそれはありますまい」

吉右衛門が今津屋の奉公人の昇進を引き合いに出して言い切った。

お佐紀が微笑《ほほえ》んだ。

「大番頭さん、おそめさんの江三郎親方の縫箔へのあこがれと仕事への執念をうちの旦那様は見誤ってます。違いますか、親方さん」

お佐紀が江三郎を質した。

「へえ、大旦那様は確かにそめを見誤ってますな」

と江三郎があっさりと答え、

「ほれ、見なされ、おまえ様」

とお佐紀が得意げな笑みを見せた。

「まさかおそめが親方の手伝いをしたなんてありましょうかな、老分《ろうぶん》さん」

と吉右衛門が由蔵に同意を求めた。

「さあてどうでしょうな」

と由蔵は今や是とも否とも答えられない。すると、

「お内儀様もまたそめをご存じないようだ」

と江三郎が呟き、

「えっ、どういうことです、親方さん」

とお佐紀が質した。

江三郎がしばし間を置いて言い出した。

「伊勢屋さんの注文の二品、わっしは一切手を加えていませんので」

「どういうことです、親方。私にも察しがつきませんぞ。店での話は大仰《おおぎょう》に言われたのと違いますすんで」

と由蔵が困惑の表情で言った。

「申し上げます。『四季折々花鳥風月図』の留袖と帯は、そめの作でございましてな。そめが最初の模様、色合い、針捌《さば》きから最後の仕上げまですべてやり遂げたんでございますよ。このことは本日の品納めの場で、伊勢敬の旦那、お内儀のお香さん、花嫁のお陽さんにお断りしてございます」

「親方、まさかそのような」

とお佐紀が絶句し、妹のおはつは俯《うつむ》き加減の姉を見た。

吉右衛門はただ、

(ほう、えらいことをしのけましたな)

という顔つきで微笑んでいた。

「お、親方、伊勢敬の旦那はおそめさんの仕事も交じっておると聞いても怒りませんでしたか。あのお方ならば、『私は三代目縫箔師の江三郎親方に頼んだのであって、なにも女職人の弟子に頼んだのではございません。品を持って帰りなされ』ぐらいのことは申されるお方ですぞ」

由蔵が言い、江三郎がおそめを見て、

「伊勢敬の旦那が怒りなさったか」

俯き加減の顔を横に振ったそめが、

「お内儀様も花嫁のお陽様も親方の仕事に感激しておられました」

と答えた。

「へえ、そめの言うとおり、四点のうち二品はそめの縫箔と承知されても伊勢敬の旦那は大満足の様子でしてな」

と江三郎がさらりと言った。だが、その言葉には抑え込んだ興奮が漂っていた。

「魂消た」

と由蔵が言い、

「親方、ちょっと待ちなされ。それを承知であの金子を」

と目顔でこんどは江三郎が老分を窘《たしな》めた。

「おお、これは、私としたことがえらいことを口にしようとしました。なにしろ、おそめさんが親方に注文の縫箔のうちの二つを拵《こしら》えたと聞いても、おそめさんには申し訳ないがすぐには信じられませんでな」

慌てて話柄を転じた由蔵の顔に言いようのない上気があった。

座にしばし興奮を鎮める沈黙が支配した。

「大番頭はん、四年前にうちがつり逃がした魚は途方ものう、大きゅうのと違いますん」

とお佐紀が両手を広げてみせ、珍しく京訛《なま》りで由蔵に笑いかけ、

「お内儀はん、これがほんまのことやったら、わてはえらい間違いをしでかしてしまいましたがな」

とこちらも上方《かみがた》訛りで応じた。

「お佐紀、大番頭さん、うちの畑ではおそめという大輪の花は咲きませんでしたよ。江三郎親方のもとゆえ大きくて見事な花が咲いたのです。なんとも伊勢屋の祝言が楽しみになりました」

と吉右衛門が笑みの顔で首肯した。

「お、お姉ちゃん、この話ってほんとなの」

と妹のおはつが今津屋の奥での言葉遣いを忘れて質した。

おそめは答えない。

「おはつさん、おめえさんはそめの妹だったね。実の妹を驚かすような大仕事を姉さんはしのけたのよ。真の真の話よ。親方のおれが言うんだ、間違いねえ」

と江三郎が言い切った。

「おはつ、茶菓を下げなされ」

不意にお佐紀が命じた。

「は、はい。申し訳ありません、言葉遣いを間違えました」

おはつは言葉遣いを注意されたと思い、詫《わ》びた。

「さようなこととは違います。これほどの祝いごとに茶で済まされるわけもございますまい。お酒となんぞ菜を台所の女衆と急ぎ仕度しなされと言うておるのです。そなたの姉様の祝いですよ」

「は、はい、畏《かしこ》まりました」

おはつがだれも手をつけない茶菓を引き下げようとした。するとおそめが立ち上がり、手伝おうとした。

「おそめさん、今日の看板役者は江三郎親方とおそめさんですよ。そこに控えていなされ、女衆の手ならいくらもあります。おお、そなたはこの奥で奉公を務めていたんでしたね。すべてを承知です。けれど、本日は格別です、動いてはなりません」

とお佐紀が昔の奉公人に命じた。その様子を吉右衛門と由蔵と江三郎が笑顔で見ているのを確かめたおそめが、

「旦那様、お内儀様、お尋ねしたいことがございます」

と願った。

「なんでございましょう、おそめさん」

「私の恩人ご夫婦はどうしておられましょうか、ご存じではございませんか」

と気がかりなことを尋ねた。

「そうそう、かようなめでたい知らせを真っ先にお知らせしたいお方がおられましたね」

と吉右衛門が応じ、おそめが念を押した。

「佐々木磐音様とおこん様の近況を今津屋さんはご存じございませんか」

「おお、こちらでいちばん先に尋ねなきゃあならないことを忘れておりました。

わっしら、この半年、世間と没交渉でこの仕事をしておりました。ために尚武館の若先生とおこんさんがどうしておられるか、知りませんでね」

　と江三郎も笑みを消した険しい顔で尋ねた。

「先日、品川柳次郎《しながわりゅうじろう》さんとお有《ゆう》さんの夫婦がうちに参られましてね、お有さんの懐妊を告げていかれました」

　と由蔵がおそめの問いには違う言葉を告げた。

「品川様の祝言は、おはつから聞かされておりました」

「おそめさん、それはね、私がおはつに知らせてよいと許しを与えたからでございます」

　と由蔵が口を挟んだ。頷いたお佐紀が、

「最前のおそめさんの問いに話を戻します。品川様夫婦は御典医の桂川国瑞《かつらがわくにあきら》先生を訪ねた帰りと申されましてね、桂川先生のところに『六間保利左衛門《ろっけんほりざえもん》』と名の記された書状がつい先日届いたそうです」

「ろっけんほり、ですか。まさか」

「そう、磐音様はおそめさんやおはつと同じ深川六間堀町に住まわれておりましたね」

「は、はい、六間保利様とは佐々木磐音様の偽名ですか」

おそめの問いにお佐紀が大きく頷いた。

「おそめさん、尚武館の当代の主夫婦が江戸を密かに離れられたのは二年前の春でございましたね。その折りは、磐音様は佐々木姓を名乗っておいででした。ですが、旅の途中から本姓の坂崎様に戻されたそうです」

とお佐紀はこの話にいちばん関心をもち、詳しい大番頭の由蔵を見た。

「親方、おそめさん、江戸を立ち退《の》かざるを得なかった曰《いわ》くをお二人に説明の要はございませんな。どちらかのお方のせいですよ。おこんさんは、江戸を離れた折り、懐妊しておりましたそうな」

「なんということが」

おそめが驚きの声を発した。

「はい、神田橋《かんだばし》にお住まいの老中親子は、尚武館の主を許そうとはなさらず旅先に幾たびも刺客を送り、坂崎磐音様とおこんさん方を抹殺しようとしましたそうな。一方、神保小路の尚武館道場の建物があのお方の命で取り壊されたそうな、品川柳次郎さんが桂川先生のお屋敷からの帰路、その模様を見たそうです」

「神保小路の尚武館道場は公儀の官営道場のようなものでしょうが、それを成り上がり者が好き放題に力を振るいやがって」

と江三郎が怒りの言葉を吐いた。

「親方、悪い話ばかりではございませんぞ。お二人にふたりの供が旅の途中から従われました。弥助《やすけ》さんと申されるお方と霧子《きりこ》さんです」

この言葉におそめは少しだけ安堵した。

「ただ今はどこにおられるのですか」

「一時は尾張《おわり》藩に匿《かくま》われておられましたが、御三家の尾張まで田沼の、いえ、この名は聞き逃してくだされ。どちらかの手が伸びて、尾張を出られたそうな。尾張で坂崎様方が世話になったのは、尾張藩だけではのうて、尾州茶屋《びしゅうちゃや》中島《なかじま》家と申す尾張の大分限者もあの夫婦の世話をしてくれたそうです。この茶屋家では、尾張を去るにあたり京に坂崎様方を送り込む算段をなされたそうです。ですがな、坂崎磐音様は、茶屋家の世話になると見せかけて、尾張と茶屋家の手を離れ、いずこかに行方を晦《くら》まされましたそうな。桂川先生に宛てた六間保利様の文にもこの行く先は、認《したた》められてはおりませんとか。ただ今、どこに潜んでおられるかもはっきりとは認められてなかった」

「大番頭さん、田沼様の追及はそれほど厳しいということですかえ」

と江三郎が二人の問答に加わった。

「ということです」

「おこんさんのお腹《なか》の赤ちゃんはどうなったのでございますか」

「おそめさん、安心なされ。何処と知れぬ地で、おこんさんは男の子をお生みになりました。神保小路の跡継ぎは空也《くうや》様と名付けられたそうです」

「くうや様ですか」

「空という字に也をつけて空也様です」

おそめの問いにお佐紀が分かるように説明を加えた。

「坂崎空也様ね、大きな名でございますね」

江三郎が空也の文字を掌になぞりながら言った。

「私、初めて知りました」

とおはつが呟いた。

「おはつ、かようなことは決して外に漏らしてはなりません」

姉のおそめが妹の呟きに注意した。頷くおはつが、

「坂崎様方の旅はまだ続くのでしょうか」

とだれに聞くともなく言った。

「この場にある者は、坂崎磐音様とおこんさんに世話になった仲間ばかりです。ですから桂川先生の伝言を告げます。近い将来《うち》に江戸に帰着する心算とあったそうです。近々お二人のお子空也様をつれてこの江戸に戻られます、必ずや空也さんと会えますぞ」

と吉右衛門が告げた。

「お佐紀様、一日も早く空也様に会いとうございます」

とおそめが涙に潤んだ瞳を手拭《てぬぐ》いで隠して洟らした。

「私どもも同じ気持ちですよ」

「坂崎様は剣術の達人ですな。ですが、この江戸をあの親子が恣《ほしいまま》にしておりましょう。大丈夫でしょうかな」

「最前、旅の途中から弥助さんと霧子さんが加わったと申しましたね。このおふたりの他に松平辰平《まつだいらたっぺい》様と重富利次郎《しげとみとしじろう》様と尚武館の門弟衆も坂崎様一行に従われているそうです。新たな動きがある予感がしてなりません」

と吉右衛門が江三郎の言葉に応じて、

「坂崎様はただの剣術遣いではございません。西の丸家基様の剣術指南もなされ、あの老中親子の悪辣《あくらつ》にして巧妙な考えは重々承知されておられます。その坂崎様が流浪の旅を打ち切って江戸に戻ってこられる以上、勝算ありと考えられたのだと私は思います」

と言い添えた。

「旦那様、間違いございません。江戸の方々は必ずや尚武館再興に目処《めど》をつけてのことかと思います」

と由蔵が己を得心させるように応じたとき、

「お待たせ申しました」

と突然の来訪にも拘らず、江三郎とおそめを歓待する酒と菜が運ばれてきた。

五

祝い酒に微醺《びくん》を帯びた江三郎親方とおそめのふたりが今津屋を辞したのは、店仕舞いを終えた刻限、五つ（午後八時）時分だった。

今津屋では、猪牙舟《ちょきぶね》か、駕籠《かご》を親方のために由蔵が手配しようとした。だが、江三郎親方は、

「大番頭さん、気持ちだけ頂戴しますぜ、遠慮じゃございませんや。今日は思い

がけずに今津屋さんで祝い酒と馳走《ちそう》をいただいた。こちらの前には伊勢屋さんの品納めもございましたな。あれこれとありましたのでね、そめと話しながらぶらぶら歩いて帰りたいんですよ」

と丁重に断った。

そんなわけで米沢町一丁目から竜閑川《りゅうかんがわ》の汐見橋《しおみばし》へと向かって師弟は並んで歩いた。

「そめ、今日はあれこれとあったな」

「はい」

と答えたそめの手には酒の切手や甘味など土産《みやげ》があれこれと下げられていた。

お佐紀が用意したものだ。

「親方、あの場では申し上げませんでしたが、お佐紀様が私のお祝いと申されて一両を頂戴しました。お土産と一緒におかみさんに渡せばよろしいですか」

うむ、と江三郎が足を止めてそめを見た。

「頂戴してはいけませんでしたか」

「今津屋はおめえの昔の奉公先だぞ。お内儀様から祝いと言われて頂戴したものを断れるものか。ましてうちが受け取れるわけもねえ。その一両はおめえのものだ」

と言った江三郎が、

「そめ、本日ただ今から年三両二分、大きな仕事をした折りは歩合をつけよう。おめえがうちから独り立ちするときに、貯まった給金は渡してもいいし、家になにがしかの金子を入れたいというのなら、三月《みつき》おきか半年ごとに渡してもいい。とくと考えて決めねえ」

と約定した。

そめは驚きの顔で師匠を見返した。

「ありがとうございます、思いがけない申し出でございます。親方、うちになにがしか渡すことを知ったら、お父っつぁんは酒に使ってしまいます。私は親方のところから独り立ちなんて考えたことはありませんが、親方、預かってくださ い」

「ならばそうしよう」

と答えながら、そめはすでに二十両の金子を今津屋に預けているんだがな、と懐の証文三枚を触った。

帰る折り、由蔵が、

「親方、これが最前預かった金子の証文ですからね、失《な》くさないでくださいよ」

と渡したものだ。

「そめ、おめえが縫箔をおれのところでやろうと、他の親方のもとでやろうと、また独り立ちしてやろうとも修業は生涯つづく。だがな、そのこととは別によ、そめの無給時代は卒したと思いねえ」

江戸時代、お店奉公の小僧は無給が習わしだった。小僧は仕事を教えてもらう立場という理由からだ。

親方は、そめが給金を頂戴する職人になったと認めたのだ。

「親方、ありがとうございます。この一両、おっ母さんにそっとあげてもよいですか」

「おめえの一両だ、好きに使いねえ」

と言った江三郎が、

「伊勢屋の仕事は喜んでいただけた。だが、そめ、あれで満足しちゃあならねえ」

「はい」

「季一郎と昨日話していたな、あいつからなにか言われたか」

「親方とおめえの仕事の違いが分かるかと問われました」

「ほう、で、おめえはなんと答えたな」

「分かっているつもりです、と答えました。そしたら、若親方に言葉にしてみねえと質されました」

季一郎が京修業から戻って二年、京訛りの柔らかな口調が江戸弁に代わっていた。

「どう、答えた。親方のおれにも聞かせろ」

と酒に酔っていつもより口数の多い江三郎がおそめに問うた。

親方が晩酌をすることは住み込み弟子のおそめは承知していた。だが、いつも晩酌は一合五勺《しゃく》ほどで酔っ払うような飲み方はしない。

今日は札差伊勢屋と両替屋行司《ぎょうじ》の今津屋と、江戸で名だたる豪商二家に伺い、今津屋では予期せぬことに祝い酒まで馳走になった。

いつもの倍は飲んでいるとおそめは思っていた。だが、緊張しての酒だ、江三郎は決して心から酔っているわけではない。

「漠としたことしか分かりません。私の縫箔には深みがございません、私は親方の真似《まね》をしていると思います。真似が上手なだけだと思います、と答えました」

「そしたら、季一郎はなんと答えたえ」

「弟子が親方の真似をするのは職人の第一歩だ、それでいいんだ、と申されました。そして、いつの日か真似ごとの時節が終わって、ほんもののそめの縫箔が見えてくる。それまで頑張りなさい、と優しく言われました」

「ふーん」

と鼻で返事をしたように笑った。

「親方、私はなにも分かってないのでございますか」

とおそめは親方に問い返した。

「そめ、おれの返事を勘違いするねえ。おれが、ふーん、と言ったのは可愛い子には旅をさせろということよ。季一郎を京に修業に出して、よかった、あいつは一人前の縫箔師になりやがったと、おめえに答えた季一郎の厳しい言葉を聞いて思ったのよ」

「親方、京の修業が若親方を立派な縫箔職人にしたと申されますか」

「おお、他人のめしは食わせるもんだと思ったね。そめや他の弟子と違い、季一郎の最初の師匠はあやつのじい様、そして、このおれが二番目の親方よ。とはいえ、じい様もおれも血のつながった身内だ。江戸で、呉服町で修業をしている以上、あいつは職人の厳しさに直面していめえ。親方の倅だ、まわりもちやほやしようじゃないか。あいつは、二十六で京に行き、五年のあいだ、中田芳左衛門という大名人のもとで他人のめしを食ったから、そめによ、そんな生意気な口を利くようになったんだ」

江三郎がその言葉に反して嬉《うれ》しそうな表情だとおそめは感じた。

「親方、決して若親方の言葉はそめにとって生意気なものではありませんでした。温かいお諭《さと》しでした。未だ私の縫箔は、親方の真似ごとです、色にも針捌きにも深みがございません。これから、私はどうすればよいのでございましょう」

「そうだな、今までどおり無心で他の弟子がどう言おうとひと針ひと針丁寧に仕事をしねえな。おめえは、今日一枚皮がはがれてよ、これまでと違う職人になったはずだ。いや、おめえは気付かないかもしれねえが、親方のおれが言っておこう。だがな、次の縫箔の技の壁がおめえの前に立ち塞《ふさ》がる。そいつを乗り越えるのは、これまで以上に大変なことだ」

「はい」

「それが分かっていればいい、そめ」

今宵《こよい》の江三郎は饒舌《じょうぜつ》だった。

おそめは今津屋で飲んだ酒のせいかと思った。そして、伊勢屋の大仕事が終わった解放感がふだん口の重い親方を喋らせていると思った。

二人はいつのまにか竜閑川の汐見橋を渡り、魚河岸の北側の伊勢町河岸に差し掛かっていた。

「こんないい気分はねえ」

と江三郎親方が正直な気持ちを吐露した。

「そめ、おめえはどうだ」

「私もうれしくて泣きそうなくらい気持ちようございます」

と正直な気持ちを告げた。

「そうだよな、こんな気分はな、職人の長い暮らしのなかでも幾たびとはねえ」

と応じた親方が、

「季一郎が他の弟子の仕事について、そめに忠言したようなことを言ったためしはあるめえ。おめえだから言ったんだ」

「私が未だ頼りない新入り弟子だからでしょうか」

「違うな」

と江三郎が首を横に振った。

「いいか、おそめ、勘違いするんじゃねえぞ、職人は口下手だからな。おめえは弟子として十分に役立つ縫箔職人だ。それは伊勢敬の旦那や内儀やお陽さんの喜びがはっきりとしめしていなさる。伊勢屋の一家は生まれたときからほんものの掛け軸を見て、名代の役者の芝居を見て、京下りの召し物を着て暮らしていなさる。それだけ眼が肥えていなさるんだ」

と言った江三郎がしばらく黙ってそぞろ歩きながら、珍しいことに流行《はや》りの俗謡かなにかを口ずさんだ。

「おれが縫箔の三代目にして名人なんて評をだれか様に聞いて、こたびの注文をなされた。ありがたいことだ。だがな、縫箔に関していえばお素人《しろうと》衆だ。おれとそめの違いがお分かりじゃねえ」

と言い切った。

「だが、ほんものばかりを見て、使いこなしてきた伊勢屋の旦那衆方には職人が震えるような見方がある。そめ、決して侮《あなど》るんじゃねえ」

「はい、肝に銘じます」

「それでいい」

と応じた江三郎はまた最前の俗謡を鼻歌で続けた。そして、不意に止め、

「そめ、おめえには絵心がある。平井浜のおばば様が見抜いた才がある。おめえがおれの真似をしようと季一郎の技を見ていようと、おめえはおめえしか持ってねえ絵心を有している。季一郎がおめえと話したのはそのせいだ」

と言い切った。

そめは親方の言葉を聞きながら、

（明日からなにをすればよいか）

と考えた。

ちょうどその刻限、今津屋では大番頭の由蔵がこの日の売り上げの帳簿を携えて吉右衛門の座敷に通った。

いつもの日課だが、本日は半刻《はんとき》（一時間）ばかり遅れていた。むろん突然江三郎とおそめが来訪したせいだ。

「大番頭さん、おそめをうちで引き留めなくてようございましたね」

と最前の場で繰り返された話を吉右衛門がした。

「はい、あの娘は自分の才を信じていたのでしょうな」

と由蔵が答えた。

「おそめは己がやりたいことが分かっていたのです、あの歳で自分がやりたいことを承知の者はそういますまい。ですが、おそめの才を開花させてくれたのは江三郎親方です。むろん親方がこの場で最前何べんも申されたように、初めて会ったときからおそめの絵心は承知されていたのでしょう。それにしてもたった四年で、かような日を迎えるとは努々《ゆめゆめ》思いませんでしたよ」

と言い添えた。

「旦那様、私もまったく同じことを帳簿の整理をしながら考えておりました」

と答えた由蔵が帳簿を差し出した。

「明日にしましょうか。お酒が入っておりますでな」

と吉右衛門がやんわりと断り、

「いえ、旦那様にただ今確かめていただきたいところがございます」

と由蔵が珍しく主の言葉に逆らった。

そこへお佐紀が淹《い》れたての茶をふたりに持参した。

「うーむ」

と吉右衛門が唸った。

その場を離れかけたお佐紀が立ち止まった。

「どうなされました」

「お佐紀、えらいことですよ。江三郎親方は、うちのお客様ですよ」

と帳簿に眼を落したまま、吉右衛門が驚きの声で言った。

「おまえ様、どういうことです」

「老分番頭さんに聞きなされ」

との亭主の言葉にお佐紀が座り直し、由蔵を見た。

「お佐紀様、本日、江三郎親方とおそめが拵え、伊勢屋さんに納めた花嫁衣裳のお代ですよ。いくらと思われますか」

「相手が札差の伊勢屋さん、そして、江戸一の縫箔師の名人上手の江三郎親方です。百両、いえ、八十両でしょうか」

とお佐紀が八十両でも多いかなという顔で由蔵に言った。

「お佐紀、伊勢敬の旦那は江三郎の旦那に為替をわざわざ拵えて、うちで換金するように託されたのです」

「ああ、それでうちに立ち寄られた」

「為替には六百両とありました」

お佐紀はしばし黙りこんで、由蔵の言葉を聞き間違えたのではないかと思案していた。

この当時、おそらく一両は今の六万円くらいか、となるとただ今の額に直すと、およそ三千六百万円ということになる。

「六百両、法外の値段です。親方の江三郎さんが上気しているのは伊勢屋さんの誉め言葉だけではなかったのですね」

「お佐紀様、うちで代金を初めて知った親方は、腰を抜かさんばかりに驚いておりましたよ。私は、江三郎親方が名人上手といろんな人から聞かされてきましたが、本日はっきりと分かりました」

「親方はその金子をうちに預けられたのですか、大番頭さん」

「はい。職人が持ちなれない金子持つと碌《ろく》なことはない、と申されてうちに預けられました。その前にひと悶着《もんちゃく》ございました。親方は、この仕事、そめと一緒にしたゆえ、半分はそめのものと口にされました」

「まあ」

「私はね、親方にこの伊勢敬が支払った金子六百両は、縫箔師三代目江三郎さんの名に出されたもの、弟子のおそめが受け取る金子と違います、と強く諭しましてな。私の忠言もあって親方がいくらかでも気持ちが静まるならば、二十両をおそめの名で、うちで預かることはどうですかと提案いたしました。むろんこのやりとりをおそめは一切知りません。親方との話し合いでおそめが呉服町の縫箔屋を独り立ちする折り、この二十両にいくらか利息がついた額を女職人に渡すことになっています」

由蔵の言葉に座にしばらく沈黙が支配し、

「よかった。さすがはうちの大番頭さんだわ」

とお佐紀が得心するように呟き、

「それにしても伊勢屋さんは思い切った金子を支払われましたね、おまえ様」

「大番頭さんに帳簿を見せられて以来、そのことを考えておりました。これはな、札差としては安いお代です。考えてもご覧なされ、六十両ならば祝言の場で招き客に問われたとき、『ほう、さすがは縫箔の名人江三郎の仕事ですな』で終わりです。ですが、六百両の縫箔料となれば、私どもが驚いたように皆さん、驚愕されましょう。そして、『さすがは、伊勢敬の旦那、やることが違いますな』と大騒ぎになりましょう。引き札のお代と考えれば、伊勢屋にとって安いものです、そう思いませんか」

「旦那様、私も伊勢敬の魂胆をそう読みました。当然ながら、これで縫箔師江三郎の名は、一段も二段も評価を高めます」

「そういうことです、お佐紀」

江三郎とおそめは、日本橋の中ほどに何げなく立ち止まった。春の宵《よい》だ。

「気持ちがいいな」

江三郎の口から思いがけない言葉が洩れた。

ふだん決して使わない言葉と口調だった。

おそめは黙って江三郎の眼差しの先を見ていた。一石橋《いっこくばし》の向こうに老中屋敷など立ち並び、千代田の城が見えた。

「おそめ、おめえ、京に修業に行きてえか」

しばし沈思したおそめは、

「行きとうございます」

と素直な気持ちを伝えた。

「季一郎はおれのもとで十年修業し、二十六の折りに京に向かった。おそめ、あと三、四年頑張ってみねえ。京の修業、許そうじゃねえか。時節を見て、季一郎に言っておく」

と告げた江三郎はゆらりゆらりと呉服町に向かって歩き出した。その背にそめが、

「ありがとうございます」

と大声で礼を述べた。

六

この日、今津屋に奉公するおはつは、旦那の吉右衛門の御用で日本橋を渡ろうとしていた。数日前、縫箔師の江三郎と女職人の姉のおそめが今津屋の戻りに足を止めた橋だ。

五街道の基点だけに大勢の人々が往来していた。

おはつは吉右衛門の書状を袱紗《ふくさ》に包んで懐にしっかりと仕舞いこんでいた。橋の真ん中に差し掛かったとき、橋の南詰の高札場《こうさつば》から読売屋の声が聞こえてきた。

「日本橋をお通りのみなの衆に申し上げます。こういうご時世だ、といってなんの他意もございません。読売屋の枕ことばと思うてくだされ」

むろん「こういうご時世だ」という言葉が読売屋の枕ことばだなんて、だれも思っていない。ただ今家治の治世を専断する老中田沼意次・意知親子への「当てつけ」であることはだれもが承知していた。

おはつは、朝四つ（午前十時）頃に吉右衛門に呼ばれた。そして、書状を届ける用事を命じられた。

「昨夜、浅草御蔵前通の札差板倉屋に同業の伊勢屋敬左衛門の娘御お陽様がめでたくも嫁入りなされた。へえ、この読売屋もお招きに与《あずか》ったと高言したいが、まずわしら風情にお呼びはかかりませんよ。札差百余株の筆頭両家の祝言だ、さぞ盛大な婚礼にしてお披露目《ひろめ》と推測するしかございませんな」

と大声で話しかける読売屋に、江戸いちばんの繁華な界隈を通りかかって足を止める人は少なかった。どだい、読売を買おうという面々は、他人の不幸、強盗に押し入られて大金を奪われたとか、美男美女の心中沙汰《ざた》なんてものにしか関心を持たない。

おはつは、主夫婦が招かれた祝言にふれる読売屋の話に足の運びを緩めた。

「まあ、言っちゃ悪いがこの日本橋を通りかかる面々の懐の財布に何両も入っているなんてことはそう多くはあるまい。むろん掛け取りに行った番頭手代さんが何十両の金子を懐深くに後生大事に所持しているって話は別だ。てめえの銭が一両を超える町人はいねえって言っているだけだ」

「おい、読売屋、おめえの話の行き先はどこなんだよ。豪奢な祝言の話か、それともおれの懐に入っている一朱と銭の話か、どっちなんだよ」

と職人が茶々を入れた。

「よう聞きなさった。雪隠大工《せっちんだいく》の留五郎《とめごろう》さん」

「雪隠大工の留五郎たあ、だれのことだ。おりゃ、石工《いしく》の銀公《ぎんこう》だ」

「ほうほう、石工とはまたかたい商売ですな、銀公さんよ。これからがこの読売の核心、読みどころ聞きどころだ。この界隈に呉服町があるな、この通りに縫箔師の名人三代目江三郎親方がお住まいだ」

「おお、おりゃ、江三郎親方とは懇意なんだよ、よく知っているぜ。おれの越中ふんどしのぬいはくは名人上手の手にかかったもんだ」

「おい、ばかいっちゃいけねえ、棒手振《ぼてふ》りの兄さんよ。ぼおっとしていると籠《かご》の青菜がひからびて売れなくなっちまうぜ。江三郎の親方の縫箔はよ、ま、待て、棒手振りの兄さん、おめえさん、縫箔って承知か」

「おお、承知よ。おれの越中にそめじって名が書いてあらあ、あれだろうが」

「あぁー、いけねえや、貧乏棒手振りや石工相手じゃこの読売は売れそうにねえな、場所を変えるか」

三十過ぎの読売屋が立ち退くふりをした。

「話してごらんなさい。ことと次第によってはこの隠居の助六《すけろく》が読売を購《あがな》ってもようございますよ」

「そうかい、ご隠居はこの界隈の住人だな」

「はい。呉服町とは隣の呉服町新道で煙草屋《たばこや》を代々やってますよ、だから縫箔師の親方とは知り合いです」

「おお、ご隠居の言葉に勇気づけられて話の頭を話そうか。花嫁さんはよ、白無垢綿帽子と、白ですっきりとしているな、これが江戸の祝言装束だ。だがよ、札差両家の祝言は違いますよ」

「読売屋、相撲のまわしかなんかで祝言か」

「石工の銀公、黙ってやがれ。伊勢敬と呼ばれる札差の伊勢屋敬左衛門のひとり娘の嫁入りだ。白無垢綿帽子で婚家先の板倉屋にお輿入《こしい》れなされた。仰天するのはそのあとだ」

「そのあとって、なんだ。床《とこ》に入るだけだろうが」

「棒手振りの兄さん、むやみやたらに突っ込むんじゃねえ。いいか、花嫁さんは祝言の途中で衣装替えをなさったんだよ」

「読売屋、おりゃとかかあの祝言で衣装替えなんてしなかったぞ」

「おめえらの夫婦のは祝言とは言わねえ、ただのくっつき合いだ。衣装替えとは白無垢装束から豪奢な縫箔の振袖打掛けと帯に着換えて、祝言の場で披露することだ。ここで呉服町の縫箔師三代目の江三郎親方がおでましになる。いいか、半年以上もかけて縫箔した花嫁衣裳の華やかなこと、出席の皆々様が言葉をなくしたほどの驚きだったそうだぜ。いいか、この縫箔のお代を伊勢敬の旦那は、千両箱で支払ったとよ、驚いたか、魂消たか、貧乏人」

　読売屋はどこでどう聞いたか、千両箱に話が化けていた。

「ちえっ、危うく読売屋の口車に乗せられるところだったぜ。なにが千両箱だ。おりゃ、日銭四百文の石工だぞ。ちったあ、こっちの気を引く読売を売りねえ」

　石工の銀公が読売屋の前から姿を消し、ひとりふたりといなくなった。残ったのは、煙草屋の隠居を筆頭にこの界隈の住人だけだ。

「読売屋さん、一枚頂戴しましょ」

　数人の住人が読売を購ってお店や長屋に戻っていき、おはつだけがぽつんと残された。

「読売屋さん、一枚いくらですか」

おはつは江三郎親方の名が出た読売を買う気になった。御用の折りは、いつもお佐紀がなにがしか入った財布を渡してくれた。この読売は親方のところと今津屋に持ち帰ろうと考えてのことだ。

「なに、姉さんが買ってくれますかえ」

「わたし、これから江三郎親方のところに用事で伺うんです」

「なにっ、親方と知り合いか」

「知り合いなんて滅相もないことです。わたしの姉が親方のところに奉公しているんです」

「待て、待ってくれ。その姉さん、おそめさんと言わねえか」

「はい、姉です」

「なんと縫箔の女職人だってな」

「はい。読売には姉の名も書いてございますか」

「いや、おれにさ、この話を聞かせてくれた旦那がさ、江三郎の名は出していいが弟子の名など書いちゃいけませんよ、と釘《くぎ》を刺されたんだよ。若いうちによ、読売なんぞに載って有頂天になってもいけねえからね」

「ありがとう、読売屋さん。お姉ちゃんに気を使ってくれて。でも、お姉ちゃんは頑固なほど仕事熱心で、有頂天になどならないと思います。でも、江三郎親方が喜ぶかなと思って読売を二枚買う気になったんです。読売っていくらですか」

「読売の値も知らねえか。おまえさんが親方と知り合いで、これから呉服町に訪ねていくと聞いて銭がとれるもんか。持ってきな、ほれ、二枚」

と読売屋が気前よくおはつにくれた。

「ありがとう、読売屋さん」

「姉さんのようにしっかり奉公しねえ」

「はい、頑張ります」

おはつは通一丁目から二丁目の辻《つじ》に向かった。江三郎の工房と住まいを兼ねた縫箔屋は辻を右手に曲がったところにあった。

「ごめんください」

と声をかけて戸口の前に簾《すだれ》がかかった敷居を跨《また》ぐと土間に立った。

おはつは光の中から不意に工房に入り、眼が眩《くら》んでしばらくその場に佇《たたず》んでいた。

つを見ていた。

「おはつ、どうしました」
と姉の声がした。工房の奥におそめの作業台があって、針を手にした姉がおはつを見ていた。

「あら、姉ちゃん」

「おはつ、ここは深川の裏長屋ではありません。ちゃんなんてつけないの」
いつもの険しい口調でおそめが妹に注意した。

「おそめ、そう厳しく言うこともあるまい。なんぞ用事でうちにおはつさんは見えられたのでありませんか」
と季一郎がおそめに言った。おそめが季一郎に小首を下げて首肯し、

「今津屋さんの御用できたの」

「はい、姉上様」

「おはつ、半端職人に姉上様だなんて、まだ姉ちゃんのほうがいいわ」
と応じ、

「今津屋の旦那様から親方様へ文を預かって参りました、姉ちゃん」
二人の姉妹の問答に職人たちが笑い出し、

「おはつ、手の読売はなんなの。おはつが読売を買ったの」

「買おうとしたら読売屋さんがただでいいってくれたの」

「どういうこと」

「この読売に伊勢屋のお陽様が板倉屋に嫁入りした話が載っているんですって。それで花嫁衣裳が華やかで招かれたお客様が驚いたことが読売になっているの。それに縫箔の代金が千両」

「こりゃ、すごいな。おはつさん、私に読売を見せてくれませんか。縫箔代が千両箱ならば、うちに蔵が幾棟もあっておかしくございませんね」

と笑いながら季一郎がおはつから受け取り、ざっと読んで、

「この読売、うちの披露目になるとも思えないね。千両箱か、中身は空だろうな」

と言いながら、

（そういえば親父は伊勢屋の縫箔代のことはなにも言わなかったな）

と思った。

「読売はあまり売れている風はありませんでした。それでわたしがこれから親方のところを訪ねるといったら、ただでくれたんです」

「仔細は分かった。おはつさん、今津屋さんの文を頂戴しよう。いや、おはつさ

ん、そなたの手から親方に直に渡しなされ、ささ、奥に通りなされ」

「若親方、わたし、文をこちらにお届けすれば用事は済んだと思います」

「いえ、親方から返書があるでしょう。過日、伊勢屋の帰りに親父とおそめが今津屋さんに立ち寄ったそうですね。親父は、おそめのお蔭で今津屋の奥へ通され、酒まで馳走になったとえらく感動していましたよ。おはつさん、今津屋さんとは比べようもないが、さあ、奥へ」

と言い、

「おそめ姉ちゃん、おまえさんも今津屋さんのお遣いさんを奥に案内しないか」

と命じた。


伊勢屋の花嫁衣裳の縫箔をやった座敷におはつが通され、吉右衛門からの文を江三郎が緊張して受け取り、季一郎はその傍らで読売を熟読した。おそめもその場にいろと親方に命じられ、おはつと無言でふたりがそれぞれ、吉右衛門の文と読売を読み終わるのを待った。

ふっ、と吐息をひとつした江三郎が、吉右衛門の文を倅に渡した。季一郎は文を受け取り、

「おはつさんが読売屋からただで貰ってきた読売だ。伊勢屋と板倉屋の祝言が載っていてな、親父の名まで上がっているぜ」

「なんだ、読売におれの名だと、どういうわけだ」

親子が交換して文と読売を読み始めた。

その間、おそめとおはつは緊張したまま控えていた。読売をざっと読み飛ばした江三郎が、

「ふーん、読売屋め、招き客のだれから聞き込んだか知らないが千両だとよ」

と吐き捨てた。

「親父、今津屋の吉右衛門さんは、お陽さんの花嫁衣裳をべた褒めじゃないか。それに大勢の招き客が親方の仕事を褒めておられるところまで認めて、文をくれなさった。親方とおそめは半年以上根を詰めて仕事したかいがあったというものだ、なんとしてもよかったな」

と季一郎が吉右衛門の文の内容をおそめとおはつに伝え、

「そめのお蔭でおりゃ、今津屋さんの奥座敷に招じ上げられた。そのうえにお内儀からそめに今津屋の家紋入りの留袖の注文だ。伊勢屋の仕事をして、よかったな」

てるがおはつに茶菓を持ってきて、
と言い添えた。

「話はあちらで聞いていたよ。おそめがうちに運を運んできてくれたよ」

「おかみさん、私はなにもしていません。親方のお力です」

とおそめが当惑の顔をした。

おはつが遠慮げに茶を喫すると、

「親方様、うちの主夫婦になにかお伝えすることがございましょうか」

「おはつざん、今津屋さんのこの文、うちの宝だ。今後ともよしなにお付き合いを願えたらうれしいと江三郎が言っていたと伝えてくれませんか」

「はい、承知しました」

おはつが大役を果たし、安堵した表情で立ち上がった。

「おそめ、妹を日本橋辺りまで送っていきねえ」

おそめがなにか言いかけると、季一郎が、

「おそめ、いつも言うように親方の言葉は職人のだれも拒むことはできません。おはつさんは確かにそなたの妹です。だが、ただ今は今津屋さんの文遣いです」

と言い添えて見送りを命じた。

二人が座敷から消えたあと、季一郎が立ちかけた。

「待ちな、話すことがある。この読売だがな、全くのでたらめじゃねえんだ。あの日、おれは、花嫁衣裳の縫箔のお代として伊勢敬の旦那から六百両の為替を頂戴したのだ」

季一郎がしばし黙り込んだ。そして、

「ほう、千両とはいかなくても大した額だ」

と真面目《まじめ》な顔の季一郎にすべての経緯を江三郎は告げた。

「親父、あの今津屋さんにうちが大金を預ける身になったか」

と笑い、

「家に持ち帰らなくてよかったぜ。おれが放蕩に走るかもしれないからな」

と冗談を言い添えた。

「それに今津屋の大番頭さんの忠言は、もっともだな。京だと親方と弟子の間柄は、もっと厳しいからな」

「季一郎、断わるまでもないがおまえだけの胸に仕舞っておけ」

「だれにいうものか」

「今津屋さんの金子の話じゃねえ。そめはいつの日か京で修業したいそうだ」

季一郎の顔からふうっと息が抜け、

「おそめなら、京での修業にも耐えられよう、三年も辛抱すればいい縫箔師になるぜ。数年後、京に行くときはおれが従って西陣《にしじん》の中田屋の大親方に口利きをしてもいい。その折り、今津屋さんに預けてある二十両がなにか役立つかもしれないな」

と言い切った。

おそめとおはつは、ゆっくりとした歩みで日本橋の真ん中に差し掛かり、足を止めた。

「お姉ちゃん、いいところに奉公したわね」

「そう思う」

「だって親方もおかみさんも女だ男だって差別しないもの。それに若親方の季一郎さんがしっかりとしておられるわ。あのお方ならば四代目が継げるわね」

「ええ、四代目も縫箔師として名人と呼ばれるお方にいずれなるわ」

とおそめが言い切った。すると、

「お姉ちゃんは呉服町にずっといるの」

と話題を転じた。

「先のことは分からない。でも、一人前の縫箔職人になるまで三代目と四代目のもとで修業するのは間違いない」

とおそめが言った。

「あと何年なの」

「十年で縫箔職人として半人前よ、あと十年かな」

「幸吉《こうきち》さん、そんな長い歳月待ってくれるかな」

おはつが疑問を呈した。

「私が知る幸吉さんならば、必ず待ってくれるはずよ。それに幸吉さんだって、未だ修業の身よ」

それはそうだけど、と応じたおはつが、

「お姉ちゃんは伊勢屋さんの大仕事を親方と一緒にこなしたでしょ。もう一人前と言わなくても十分に職人としてやっていけるんじゃない」

おそめが妹を見た。

「どうしたの」

「職人に少しばかり絵心があったからといって四年足らずの年季じゃどうにもな

らないものがある。今津屋でいえば小僧さんをようやく卒した手代見習いになったかどうかよ。ひとつだけおはつに言っておく。おっ母さんにもお父っつぁんにも言わないでほしいの。この前、今津屋さんで馳走になった帰り路、『そめ、おめえの小僧時代は終わった。今晩から給金を払う職人として認める』と言われたの」

「お姉ちゃん、おめでとう。わたしのような者でも今津屋さんは給金を払ってくれる。職人は厳しいのね」

「四年、奉公してようやく三両二分の給金がもらえるようになった。その他に大きな仕事をしたときにはなにがしか歩合がもらえるそうよ」

「そりゃ、お父っつぁんにもおっ母さんにも言えないわ。あのふたり、金さえあればなにやかにや言い訳してお酒を飲んでいるもの」

「おっ母さんも飲んでいるの」

おはつが首肯した。

「どうしよう、この一両」

「どうしたの」

「この前の晩、お佐紀さんからおめでとうと言って頂戴したの。親方はおまえの好きなように使えと言われた」

「おっ母さんに渡せば、必ず酒代に代わるわ」

しばし考えたおそめが、

「あのふたりが私たちの親であることには変わりがない。どう使おうとその先は考えても仕方ないわ。おはつ、六間堀に行く機会があったら、おっ母さんに渡して」

とおはつの手に一両を押し付けると、くるり、と背を向けて呉服町へと足早に戻っていった。

七

一刻（二時間）後、おはつはこんどは両国橋を渡っていた。

今津屋に帰り、縫箔師の江三郎に会って祝言の衣装替えの客の反応を認めた文を渡したときの親方の感激した言葉を告げた。

「そうですか、江三郎親方は喜ばれましたか」

と吉右衛門も満足げに微笑んだ。

おはつが復命する座敷にはお佐紀と由蔵が同席していた。その三人に、

「呉服町に向かう折り、ちょうど日本橋を渡って高札場で伊勢屋さんと板倉屋さんの祝言に触れる読売が売り出されておりましたので、親方のもとへ読売も一緒に届けようと考えました」

おはつは読売屋との問答と厚意を報告した。

「ほうほう、おはつは読売を二枚無料で頂戴しましたか」

「大番頭さん、わたしがこれから江三郎親方のところを訪ねると申したからでしょう」

とおはつが応じ、

「旦那様、あの祝言に招かれたお客様のどなたかが読売屋に話したようですね。うちの前でも売っておりましたので、私も一枚買い求めました」

と由蔵が言い、おはつがさらに、

「親方様が姉にわたしを日本橋付近まで見送っていけと命じられまして、姉が送ってきてくれました。その折りのことです」

と前置きしたおはつはおそめの話を告げ、

「お佐紀様、姉へのお心遣いありがとうございます。姉は初めて一両なんて大金を頂戴したと感激しておりました。こちらに奉公していた折りの給金はすべて深川の両親に渡しておりましたから」

と三人が知らぬことを言い添えた。

「おそめさんが妹のそなたにさようなことまで話しましたか。渡した甲斐《かい》があったというものですよ」

とお佐紀も喜んだ。

吉右衛門がお佐紀の言葉に頷きながら、

「おそめさんはもはや無給時代を終えて、給金をもらえる職人として親方が認めてくれましたか。おめでたいことです。それにしても職人の修業は店奉公より厳しゅうございますな」

と言い添えた。

むろん今津屋の小僧も最初の一、二年は無給だが、小僧の仕事を覚えたと大番頭の由蔵が判断すると、なにがしかの給金が小僧の名で貯めておかれる。だが、職人を志したおそめは二十歳になるいまのいままで無給で頑張ってきたのだ。

「旦那様、お佐紀様、大番頭さん、わたしは最初から給金を頂戴いたしました。うちが貧しいからでしょうか」

おはつがこれまで尋ねたことのない問いを発した。

「奉公に出る小僧の家はどこも貧しゅうございます。ですがな、おはつ、そなたの場合、姉さんのおそめさんの一年の頑張りと、尚武館の若先生がそなた方の後見方でしたからな。旦那様のご判断でわずかながら給金を出しました。それがいくらになっているか、そなたには年の暮れに知らせますから承知ですな」

はい、と答えたおはつが、

「お佐紀様が姉にお贈りになった金子、わたしがこうして所持しています」

と奉書紙に包まれた一両を見せ、その理由を告げた。

「なんと私が渡した小遣いを深川の親御さんに渡してくれと妹のそなたに預けましたか」

とお佐紀が驚きの顔でもらし、

「深川の用事がある折りに届けます。でも」

とおはつが途中で言葉を止めた。

「でも、どうしました」

「お佐紀様から頂戴した大切な金子です。わたしたちのふた親に渡しても、酒に化けるに決まっているから、よしたほうがいいと姉に言ったのです。でも、姉はあのふたりが私たちの親であることに変わりはない。両親がどう使おうとかまわないからお父っつぁんとおっ母さんに渡してくれとわたしの手に押し付けて、急いで呉服町に帰っていきました」

おはつは、両親の話を恥ずかしそうに告げた。

「四年間、無給で働き、初めてご褒美《ほうび》に内儀様から頂戴した金子を深川の両親にね。おはつ、そなたの姉さんはえらいね」

おそめをいちばん古くから知る由蔵がそう洩らした。

「はい、うちで物心ついた折りからいちばん苦労してきたのは姉です」

「だから、いまのおそめさんがあるのです」

と吉右衛門が言い切り、お佐紀に目顔でなにか訴えた。直《す》ぐに意を察したお佐紀が、

「おはつ、御用から戻ったばかりですが、この足で深川六間堀の親御さんにその金子を渡してきなされ。おそめさんの気持ちが少しでも早く伝わるようにね」

とおはつに命じた。

そんなわけでおはつは両国橋を渡り、大川に合流する竪川《たてかわ》の一ッ目之橋を越えて、左岸の河岸道《かしみち》を東へと向かった。そして、六間堀に曲がったとき、おはつは、

（ああ、六間堀に戻ってきた）

と思った。

武家屋敷が続き、要津寺《ようしんじ》の門前を過ぎると、幼い折りから馴染《なじ》んだ匂《にお》いと貧しげな家並みがおはつを迎えたのだ。

四年前までこの六間堀の裏長屋におはつは住んでいた。そして、おそめに代わって今津屋の奥勤めの見習い奉公に出た。

両替屋行司がどのような商いか、大勢の奉公人が働く暮らしがどんなものか全く想像だにしていなかった。だが、おはつは直ぐに今津屋の暮らしに馴染んだ。それは姉のおそめが敷いてくれた仕事をそのまま引き継げばよかったからだ。おはつは、今津屋で奉公して二年ほど経ったとき、自分が今津屋で気持ちよく働けるのは姉おそめの並々ならぬ心遣いと努力のお蔭だと気付いた。

（わたしは到底姉ちゃんには敵《かな》わない）

と思い知らされ、つい最近、

（姉は姉、わたしはわたし）

と思うようになった。そして、本日、姉の働く縫箔の仕事場を見たとき、姉の選んだ途の険しさを初めて思い知らされた。

「わたし、これからどうすればいいんだろ」

と独りごとを思わず呟いていた。

「おい、そんなぼうっと歩いていると堀に落ちるぞ、おはつさんよ」

と野太い声がして、六間堀と五間堀が合流する堀向こうに深川名物鰻処《うなぎどころ》宮戸《みやと》川《がわ》の職人幸吉が立っていた。

「あら、幸吉さん」

幸吉は安永四年（一七七五）春に宮戸川に奉公に出た。六年前のことだ。今では親方の鉄五郎《てつごろう》から許されて、

「割《さ》きは三年、蒸し八年、焼きは一生」

と言われる蒸しの修業をしていた。

なにしろ子供の頃から深川界隈の堀で鰻を捕まえては宮戸川に売って稼いでいた幸吉だ。奉公に出た当初は、

「鰻なんぞ、この幸吉は知らねえことはねえ」

と高を括《くく》っていたこともあって、割きで苦労した。

鉄五郎親方や磐音に懇々《こんこん》と教えられて鰻を捕まえることと鰻を調理する仕事は全く違うことに気付かされ、以来、順調に鰻職人見習いの道を歩んでいた。

「どうしたえ、唐傘《からかさ》長屋になんぞあったか。ここんとこ、親父さんが泥酔したなんて話は聞かないがな」

と言った。しばし考えたおはつが、

「幸吉さん、今少し話せる」

と願った。

「おお、いちばん食い物屋がのんびりする刻限が昼下がりだ。どうしたえ、こっちに渡って店にきねえ」

と幸吉に誘われて、宮戸川の暖簾《のれん》を潜った。

佐々木磐音とおこんが尚武館道場を田沼意次一派に追われたために宮戸川の奉公に鞍替えせざるを得なかった早苗《さなえ》もいなかった。夕刻前にまた戻ってくるという。

「親方、おはつちゃんがおれに話があるとよ」

「いえ、幸吉さんだけではないわ。親方さんもおかみさんも聞いてくれませんか」

「なんだ、おれにおはつちゃんが懸想《けそう》でもしたのかと思ったぜ」

幸吉がどこかがっかりしたような安堵したような複雑な顔で言った。

「そんなことを言うと、お姉ちゃんに言いつけるわよ」

「じょ、冗談に決まっているだろうが。頼むからそんなことおそめちゃんに言ってくれるなよ。おい、まさかおそめちゃんになにかあったのか」

幸吉が慌てて、親方が帳場座敷に上がりねえ、とおはつを誘った。

「お姉ちゃんのことよ」

懐に入れてきた読売を出して広げた。

「うむ」

鉄五郎はおはつから読売を受け取り、職人気質丸出しに声を張り上げて途中まで速読し、

「ほうほう、さすがに天下の縫箔名人はすごいな」

と感心した。

「親方、縫箔の江三郎さんってよ、おそめちゃんの師匠、親方だよな」

「おお、そうだ。札差伊勢屋敬左衛門の娘の嫁入り仕度、衣装替えとやらをすべて江三郎親方に縫箔を頼んだそうだ。大したものだね、読売だから話半分と聞いても、その縫箔の代金が千両だとよ」

親方の言葉を幸吉は、ふーんと聞き、

「おはつちゃん、おそめちゃんはどこでどう登場するんだよ」

「読売に書いてない話だけど、衣装替えの品納めのあと、上気した江三郎親方とお姉ちゃんが今津屋に立ち寄ったの」

と前置きしたおはつは、この数日の動きを事細かに説明した。

「なんだって、おそめちゃんが札差伊勢屋の花嫁衣裳の縫箔を手伝ったってか」

幸吉の問いにおはつがこくりと頷き、こんどは鉄五郎親方が、

「ううーん」

と唸った。

「おそめちゃんはさ、呉服町の縫箔屋に奉公してたったの四年だよ。この六間堀に藪入《やぶい》りだってまともに帰らない。去年かね、一度だけ戻ってきたね。あとは昼も夜もなしに修業しているってさ、江三郎親方を知るうちの客から聞いたことがあるよ」

とおかみのさよが言った。

「おい、いくらおそめちゃんが頑張り屋だって言ってもよ、たった四年でな、鰻でいえば一生かかる焼きをやったってことだぞ。読売だと伊勢敬も嫁入り先の板倉屋も大喜びしたってな。ぶっ魂消たぜ」

と読売を手にした鉄五郎が驚きの顔で言った。

「親方、おそめちゃん、そんなすげえことをしのけたか」

「ああ、そうだ」

鉄五郎の返事を聞いた幸吉が黙り込んだ。

「どうしたの、幸吉さん」

「おそめちゃん、すげえなと思ってよ。おりゃ、まだ半端職人だぜ」

「幸吉さん、最前、日本橋でお姉ちゃんと別れたとき、わたしもお姉ちゃんには敵わないと思ったのよ。だけど、あれこれと考えて、『姉は姉、わたしはわたし』と考え直したの。幸吉さんは、お姉ちゃんよりこちらの宮戸川に奉公したのは早いわ。でも、十年も経ってないのに、蒸しを任されているんでしょ。縫箔と鰻を一緒に比べるのもどうかと思うけど。幸吉さんは幸吉さんよ、おそめって縫箔の女職人とは違う途を歩けばいいのよ」

「そうかね」

と幸吉が首を傾げた。

「お姉ちゃんはこうも言ったわ。『職人が少しばかり絵心があったからといって四年足らずの年季じゃどうにもならないものがある。今津屋でいえば小僧から手代見習いになったかどうか。親方や若親方はいまだ雲の上の人』だって」

「おそめちゃんはえらいね」

さよが大きく頷きながら言った。

「そうだよな、おれはいくら蒸しができる、時に焼きをやらせてもらうといっても親方の真似ごとだよな。おれもおそめちゃんも未だ修業半ばの職人だよな」

と幸吉は己に得心させるように言った。

「そういうことよ」

「おはつちゃんよ、それでよ、おれたちになにが聞きたかったんだ」

「そのことね、伊勢屋さんの品納めにいった帰りに江三郎親方とお姉ちゃんが今津屋に寄ってその日の出来事を親方が話してくれたの。その折り、お佐紀様がお姉ちゃんによく頑張った褒美賃として一両をくれたのよ。お姉ちゃんはこの一両をおっ母さんに渡してくれないかと最前、わたしの手に握らせた。でもね、わたしは、一両を渡せば必ずお父っつぁんとおっ母さんの酒代に消えると思うとお姉ちゃんに言ったの。お姉ちゃんの気持ちは分かるけど、どうしたものかと未だ迷っているの」

おはつの迷いを聞いた幸吉がしばらく黙考して、

「おりゃ、おそめちゃんの言葉どおり、おはつちゃんの手から兼吉《かねきち》さんとよ、おかみさんに渡せば喜ぶと思うぜ。ねえ、親方、おかみさん」

幸吉は宮戸川の主人夫婦に返答を振った。

「ああ、おれもな、幸吉の考えに賛成だ。妹のおはつちゃんの口からおそめちゃんの四年の厳しい奉公を聞いたらさ、よしんば兼吉さんの酒に代わろうと、きっと姉娘の辛抱や我慢が分かるはずだ。徒《あだ》やおろそかに酒が飲めるものか、しみじみとおそめちゃんの頑張りに想いをいたしながら飲むはずだ」

と鉄五郎が言った。

幸吉と鉄五郎の言葉を聞いたおはつが、がくがくと頷き、

「そういたします」

と応じて、

「ありがとうございました」

と丁寧に頭を下げて礼を述べた。

四半刻《しはんとき》（三十分）後、おはつが再び六間堀の河岸道に通りかかった。すると幸吉が飛び出してきて、

「どうだったえ」

と尋ねた。

おはつは足を止めて堀越しに幸吉を見た。

「喜んだんだろ、おきんさんはよ」

悲し気な顔のおはつが迷った風に黙っていたが顔を横に振り、

「おっ母さんたら、昼間から酒を飲んで寝ていたわ」

「そうか、そうだったか。でも、おそめちゃんの気持ちは伝わったよな」

おはつはまた黙り込んだ。


唐傘長屋におはつが入っていくと、幸吉の母親おしげが、

「おや、どうしたえ、おはつちゃん」

と質した。

「おばさん、ちょっとその辺りまで用事で来たから長屋に立ち寄ってみたの。うちのお父っつぁんとおっ母さん、元気かしら」

と問うた。

「元気だろうね、昼間からヤケ酒飲む元気はあるもの」

おしげが長屋のほうを見ながら言った。

「えっ、お酒を飲んでいるの、どういうこと」

「昨日さ、兼吉さんが建て前の祝い酒を飲んで帰ったあたりでおきんさんと口論になってさ、怒鳴り合い、兼吉さんはそのまま飛び出していくし、おきんさんは、台所にあった酒をしこたま飲んでふて寝さ」

おはつは幸吉の母親の言葉に眼を瞑《つむ》った。

（お姉ちゃんの心遣いも無になる）

と思った。

「長屋を覗《のぞ》いていくかえ」

「酔って寝てんでしょ。見たくない」

と悲しげなおはつの返答に、

「ここんとこ兼吉さんはさ、博奕《ばくち》も止《や》めてちゃんと仕事に行っていたけど、おきんさんがなぜか昼酒を飲むようになってね。おそめちゃんもおはつちゃんも奉公先で必死に頑張って働いているというのにね」

おしげがおはつを見て気の毒そうに言った。

「おばさん、おっ母さんに会うのはまたにするわ」

と言い残したおはつは木戸口の前で引き返した。

「おはつちゃん、なにかおっ母さんに伝えることがあったら、言っておくよ」

という言葉を背にうけて、

「ありがとう。昼間からお酒なんて飲まないで、とふたりに伝えて。娘たちが悲しむってね」

と言い残すと戻ってきたのだ。

おはつは北之橋を渡って宮戸川の前に立つ幸吉に歩み寄り、

「お姉ちゃんの気持ちなんて伝わらないわ。幸吉さん、この一両と読売、預かっていてくれない。うちがどうしてもお金が要《い》ると思える折りに渡してくれないかしら」

と願い、手短に幸吉の母親と交わした問答を伝えた。

「そうか、おきんさんと顔は合わせなかったか」

幸吉が焼き場を振り返った。そこでは鉄五郎親方が二人の問答を聞いていた。

「幸吉、おそめちゃんの気持ち、預かってよ、一両が生きた使い方ができそうな折り、おそめちゃんとおはつちゃんからだって、おきんさんに渡しな」

と鉄五郎が命じた。そして、

「おはつちゃん、今津屋さんのお内儀さんにはよ、おきんさんが大喜びしました。ありがとうございますとよ、おそめちゃんの代わりに礼を述べるんだぜ。嘘も方便という言葉があらあ。今津屋のお内儀の心遣いを思ってよ、そう言うんだ」

鉄五郎の言葉をかみしめるように聞いたおはつがこくりと頷き、一両包みと読売を幸吉に渡した。すると鉄五郎が、

「幸吉、両国橋辺りまでおはつちゃんを送っていきな。夕方の客が来るまでまだ半刻(一時間)はあらあ」

と言った。

「ありがとう、親方」

おはつの代わりに幸吉が礼を述べ、一両包みと読売を親方に預けると、黙り込んだおはつと六間堀の東の河岸道を歩いて竪川に向かった。

晩春の西に傾いた陽射《ひざ》しが二人の背を照らしていた。

八

「おはつちゃん、うちの親方の言った忠言を考えてくんな。深川とよ、川向こう

は、特によ、おはつちゃんの奉公した両替屋の今津屋さんと暮らしは天と地ほどの差があらあ、大川の流れのあちらとこちらではよ、違いがあり過ぎるよな」

「幸吉さん、わたし、泣きたくなっちゃった。幸吉さんや鉄五郎親方の言葉を聞いて、骨身にしみたわ。わたし、お姉ちゃんの跡継ぎで今津屋に奉公するんじゃなかったと悔いているの。大店の奥の暮らしは別ものよね、わたし、知らなきゃよかった」

幸吉はおはつの胸のうちで気持ちが混乱していると思った。

「気持ちは分かるけどよ、おれたちが六間堀の裏店《うらだな》で生まれ育ったのは、致し方ねえじゃないか。おりゃよ、宮戸川があってよ、深川の暮らしも悪くないと思っているんだ。おそめちゃんにもおはつちゃんにも会えた。なにより浪人さんと知り合いになれてよ、いろいろなことを教わった」

「その坂崎磐音様もおこんさんも江戸にはいないわ」

「そう、いねえ。おりゃ、それがいちばん寂しい。けどな、浪人さんは必ずおこんさんを連れて江戸に戻ってくるぜ」

ふたりは六間堀から竪川に出て、西陽があたる一ッ目之橋が見えていた。

「ああ、そうだ、坂崎様とおこんさんの間にお子ができたんですって」

とおはつが不意に言った。

「なんだって、浪人さんとおこんさんの子が生まれたか、どこでおこんさんは子を産んだんだ」

「それは知らない。でも、生まれたのは確かよ。うちの旦那様が縫箔の親方とお姉ちゃんに告げたもの」

「ならばよ、おはつちゃん、いよいよ浪人さんは近々江戸に戻ってくるぜ」

「でも、お城には老中の田沼様がいるのよ。坂崎様には神保小路の尚武館道場も取り上げられて潰された」

「おはつちゃん、おれが承知の浪人さんとおこんさんならば、必ず田沼なんて親子をやっつけてくれるぜ。そしてよ、神保小路の尚武館道場を新しく造る、必ず再興させる」

と幸吉は言い切った。

「幸吉さんたらお気楽ね。相手は老中なのよ。それもただの老中じゃない、お城のお武家様の多くが田沼様の家来みたいなものよ」

「おはつちゃん、おりゃ、たしかにお気楽だ。だがな、浪人さんはこれまでどれだけの難儀があっても必ず乗り越えてきたぜ。鰻割きの浪人さんがよ、神保小路の尚武館道場の大将に一度はなったんだぜ。きっとこたびもな、やってのける、おりゃ、信じているんだ」

「ごめん、幸吉さんのことをお気楽だなんて言って」

と詫びたおはつが、

「幸吉さん、お姉ちゃんと所帯をもつ約束かなにかしたの」

と不意に話柄を転じた。

「おそめちゃんがなにか言ったか」

「わたしが呉服町にずっといるのかと聞いたの。そしたら、一人前の縫箔職人になるまで三代目と四代目のもとで修業すると言ったあと、あと十年かなと言い添えたと思う。それでわたしね、『幸吉さんがそんな長い歳月待ってくれるかな』と呟くように問うたの」

「おそめちゃんはなんと答えたよ」

おはつは、幸吉の真剣さに圧倒されて姉の言葉をできるだけ忠実に思い出そうと努めた。

「うん、『私が知る幸吉さんならば必ず待ってくれるはずよ』と」

「言ったのか、おそめちゃんが」

おはつはこくりと頷いた。

「ありがてえ、おれも一人前の鰻職人になれるよう修業する、頑張る」

と応じた幸吉を見ながら、おはつはなんとなく姉は妹のわたしにも言わない夢があるのではないかと思った。それがなにか判断つかなかった。でも、中途半端なことを幸吉に言ったら、幸吉がしょげるような気がして、

「幸吉さん、ありがとう。もう両国橋が見えたわ。おっ母さんのこと、頼むわね」

と願い、幸吉に背を向けた。

「六間堀の裏長屋の連中のことはよ、鰻捕りの幸吉に任せな」

と張り切った声がおはつの背を追いかけてきた。

幸吉が宮戸川にもどると夜店の仕度が始まっていた。そして、店の中からおはつのおっ母さんのおきんのきんきん声が響いていた。

「おはつが長屋に顔を見せたってね。宮戸川に立ち寄ったって話も聞いたよ。おはつはどうしたえ。幸吉はいないのか」

「おきんさんよ、まだ昨夜《ゆうべ》の酒が残ってないか。さようなことでは娘たちに示しがつくまい」

と胴間声《どうまごえ》で応じているのは、なんと武左衛門《ぶざえもん》だ。

「なんてこった。おきんさんと武左衛門の旦那の取り合わせだぜ」

幸吉は洩らし、暖簾を潜った。

「おお、幸吉、そなた、おはつさんが来たことを承知じゃな」

武左衛門が幸吉に糺した。

「ああ、この界隈に今津屋の用事で来たそうだ、それでちょっとの間、長屋に立ち寄ったのだよ」

「幸吉、どうして母親の私に会っていかないのよ」

とおきんが文句をつけた。

「おきんさん、おはつちゃんの気持ちも察してやりなよ。二日酔いで寝ている母親に声をかけたいか。おはつちゃんは今津屋で奉公しているんだぞ。両替商の今津屋は身許《みもと》がしっかりとしていないと奉公なんてできない大店だ。そこで必死でよ、背伸びしながら働いている娘によ、見せられる姿か」

幸吉が怒ったような顔付きで言い放った。

親方の鉄五郎や早苗たちは黙って夜店の仕度をしていた。

「おお、いいことを言うた、幸吉。そのとおりだ、もっともわしが言えた義理ではないが、親の姿ではないぞ、おきんさん」

「うるさいね、飲み意地のはった武左衛門の旦那にえらそうな口を利かれたくないよ。おはつはなにしにきたんだよ、幸吉」

とおきんが言った。

二日酔いの悪酔いを直そうと残った酒を飲んだような気配があった。

「おきんさん、最前も言ったぜ。お袋のおまえさんに顔を見せにきたんだよ」

「ならば声をかけるがいいじゃないか。なぜ長屋の木戸口で引き返すよ。そのくせ、宮戸川に寄ってったのか」

「ああ、おはつちゃんはうちの店に寄ったよ。姉のおそめちゃんが読売に載るような大仕事をしたってんで、妹が知らせにきたんだよ」

「なに、読売に載るような大仕事だと」

武左衛門がおきんの代わりに応じ、鉄五郎は最前幸吉が預けた読売を二人のまえに黙って突き出した。

「親方、近ごろ老眼かね、字がはっきりしないんだ。なんて書いてある」

早苗が父親になにか言いかけたが鉄五郎が手で制し、

「縫箔師の名人江三郎親方が札差筆頭伊勢屋の娘御の婚礼衣装に縫箔を頼まれた

んだよ。その大仕事を奉公してたった四年のおそめちゃんが手伝った。祝言のお客に今津屋の旦那夫婦が招かれていてな、その様子をおはつちゃんが唐傘長屋に知らせにいったんだよ」

鉄五郎が淡々とした口調で告げた。

「ほう、おそめちゃんが名人と評判の高い親方の手伝いだと、そりゃ、だいぶ祝儀が出たな」

と武左衛門が羨《うらや》ましそうに言った。

「ならばおそめが長屋に来るがいいじゃないか」

とおきんが言った。

「おきんさん、うちに来る前にどうして湯屋に行ってな、酔いを醒《さ》まし、さっぱりして人前に顔を晒さなかった。正直言おうか、おそめちゃんにしろおはつちゃんにしろ、奉公先で必死に働いているんだ。親らしい来し方をしていると、おまえさん、自分で思うかえ」

「親方、他人のおまえさんに言われたくないね」

「ああ、おれも言いたくねえ。おきんさん、気持ちがさっぱりとしたときにうちに訪ねてきねえ。おそめちゃんの働きぶりをとっくりと教えてやるからよ」

と鉄五郎が言い、

「武左衛門の旦那、おきんさんをおまえさんが連れてきたんだ。長屋に送っていってくれないか。うちは商いが始まるんだ」

と強い口調で続けた。

「おお、分かった。おれは堀向こうで偶さかおきんさんに会っただけなんだよ」

「おまえさんがうちになにしにきたか知らねえが、おきんさんを唐傘長屋にともかく連れて帰りな」

いくぞ、と声をかけた武左衛門におきんが、

「武左の旦那、酒を飲む銭を持っているか」

と尋ねた。

「おれが酒代を、冗談ではないぞ。わしも宮戸川に早苗の給金でも前借りできないかときたところだ」

「なに、ふたりして文なしか」

と言いながらそれでも武左衛門がよろよろするおきんの手を引いて唐傘長屋に戻っていった。

「親方、申し訳ありません」

早苗がすまなそうに鉄五郎に頭を下げた。

「本日はよ、おまえさんの親父様よりおきんさんのほうがひでえや。亭主の兼吉さんがこのところせっせと仕事しているのにな。なにかあったかねえ」

「親方、おきんさんのことはなんとなく察していないわけじゃねえ。おそめちゃんとおはつちゃんの恥になるこった。できればな、ふたりに知られたくない」

幸吉が言うのへ、

「そうか、ならば聞くまい」

鉄五郎が答えて、店前の五間堀に猪牙舟がつき、最初の客が暖簾をくぐり、

「いらっしゃい」

と幸吉の声が応じた。


宮戸川が店仕舞いする時分、兼吉が宮戸川に顔を出した。

「おや、兼吉さんか、どうしたんだ」

「幸吉、かかあを知らねえか。昼間出たまま長屋に戻ってねえんだ」

「なんだって、うちに七つ半(午後五時)時分までいてさ、武左衛門の旦那に連れられて唐傘長屋に戻ったはずだぜ。一刻半(三時間)も前のことだ。まさかふ

たりして煮売り酒屋かなんかで酒なんぞを飲んでいないよな」

「呆れた、恥ずかしい」

と早苗が悲しげな声で洩らした。

「文なしのふたりを飲ませる酒屋がこの界隈にあったかな」

と自問するように幸吉が言い、

「幸吉、それはあるまい」

と鉄五郎が応じた。

「兼吉さんはよ、朝仕事に出たのか」

「いや、昨日よ、長屋に戻ったらおきんがおれの酒を飲んでやがる。それで大喧嘩してよ、おりゃ、その足で棟梁《とうりょう》の家に行って泊まらせてもらったんだ」

一同で顔を見合わせた。

「おれがこの界隈の煮売り酒屋を探してみよう。兼吉さんは長屋に戻って待っていねえ」

幸吉が店を飛び出そうとした。

「待って幸吉さん、私も行く」

「いや、早苗さんは店にいたほうがいい」

　幸吉が応じて鉄五郎を見た。

　親方もそれがいいという風に早苗に目顔で告げた。

「ちょっと待ちな」

　帳場に戻った鉄五郎が財布を幸吉に渡すと、受け取るや否や飛び出していった。

「親方さん」

　早苗が泣きそうな顔で鉄五郎を見た。

「ふつうはよ、親が倅や娘のことで苦労するもんだが、この界隈は反対だ。できそこないの親が揃《そろ》ってやがる」

と思わず呟いた鉄五郎が泣き出しそうな早苗を見て、

「おお、早苗は武左衛門の娘だってことを忘れていた、すまねえ」

と詫びた。

　幸吉が宮戸川に戻ってきたのは四つ半(午後十一時)時分だった。待っていたのは鉄五郎親方と早苗だった。

「親方、早苗さん、待たせてすまねえ。二ッ目之橋北詰の煮売り酒屋でよ、ようやく見つけた。すでにべろんべろんさ。店の亭主に『どうしてこれほどよ、酔っ払うまで飲ませたよ』と言ったらさ、反対に『もうここに来たときは酒が入って

いたぜ。武左の旦那が銭を持ってねえことは承知していたが、女のほうが銭なら
ある、酒を飲ませろと言い張るものだからえらい損をしたぜ』とやり返されたよ。
ふたりして一文なしなのは、形《なり》を見ればわかりそうだがな」
と幸吉が言い、早苗が泣きそうになった。
「早苗さんよ、親父さんは安藤《あんどう》様の下屋敷に帰ったと思うぜ。おりゃ、おきんさ
んを唐傘長屋に送っていったからさ、ふたりは送っていけねえもの」
「ご苦労だったたな、幸吉」
と言った鉄五郎が幸吉の差し出す財布を受け取りながら、
「おきんさんはどうしたのかね」
と首を捻った。
「この話はさ、おそめちゃんもおはつちゃんも知らないと思うな。おきんさんの
生まれは平井新田の平井浜だそうだな。おはつちゃんはこの浜で生まれたんだっ
てね。その折り、おそめちゃんはおきんさんの生まれた浜にひと夏だか滞在して、
じい様やばあ様に初めて会った。おそめちゃんにいつだか、聞いたような気がし
たが、この話をさ、木場で働いているダチ公に聞いたとき、思い出したんだ」
「幸吉、いまは許す、ダチ公なんて野郎と付き合うんじゃねえ」

「へえ、だけど、よく働く奴《やつ》だぜ」

「ともかく話の続きをしな」

あいよ、と応じた幸吉が、

「半年だか、一年だか前におきんさんのおっ母さんがさ、つまりおそめちゃんとおはつちゃんのばば様が亡くなったそうだ。だけど、おきんさんのところには弔《とむら》いの案内も来なかったとよ。そんなこんなで、おきんさんは荒れているんじゃないかと思うがね」

早苗は初めて聞く話に茫然としていた。

「おれの記憶が正しければ、おきんさんは平井浜で相思相愛というのか、そんな男を捨てて深川に働きに出た。その直後、相手の男が釣り船の事故で死んだんだよ。おきんさんは、おはつちゃんを生むときも、金さえあれば平井浜には帰りたくなかったはずだと、おそめちゃんがおれに洩らしたことがあらあ」

早苗は黙り込んだままだ。

「幸吉、おめえのところだって決して楽な暮らしではなかろうじゃないか。おそめもおはつも博奕好きの柿葺《こけらぶ》き職人の兼吉と手前勝手で意固地な母親の娘でありながら、立派に縫箔職人の修業をしてよ、妹は今津屋で奥向きの女中を務めている。おきんの生まれや育ちがなにも格別じゃねえや。男と女の間になにがあったか知らねえ、そのふたりの間柄さえ他人には分かるめえ。ともかく平井浜に戻っておはつを生んだんだ。その折りにそれなりの礼儀を尽くせば、おっ母さんの弔いに呼ばれないこともなかった。おれの勝手な見方だがな」

鉄五郎の言葉に幸吉がうんうんと頷いた。

「おきんさんは、この深川の六間堀町でも長屋の人々と心底から交わらなかったのではありませんか」

とそれまで黙っていた早苗が呟いた。

「おお、早苗さんよ、その指摘あたっているぜ。亭主の兼吉さんにも不満たらたら、長屋の住人を小ばかにもしていたな、『わたしゃ、おめえたちと違う』ってな。それをおそめちゃんとおはつちゃんは見て育ったんだと思うよ。親方、『あんな母親だけにはなるまい』とふたりの姉と妹は頑張っているんじゃないのか」

と幸吉が言った。

「幸吉、おめえの考えは正しいぜ。物心ついたときから鰻を捕まえては、おれのところに一匹なにがしで売りにきた小僧がよく育ちやがった」

「ふへえ、親方から褒められた、初めてじゃねえか」

と照れた幸吉が、

「おれの師匠はおそめちゃんなんだ。おそめちゃんにばかにされまいと生きてきただけなんだ、親方」

「それも少し違うな、幸吉」

「どこがよ、おれ、正直に喋ったぜ」

「おめえにはもうひとり、大事な師匠がいなさる」

「おお、坂崎磐音様だな、おこんさんとの間にお子が生まれたそうだぜ」

「なに、だれから聞いたんだ」

「おはつちゃんがさ、いったんは佐々木様と姓を変えたが、いまはもとの坂崎磐音様にもどり、旅先でお子が生まれたんだとよ」

「そうか、それはめでてえや」

「おれにとっちゃ、浪人さんだがよ、坂崎磐音様とおこんさんはよ、この深川に必ず戻ってきなさるぜ」

「深川な、あのふたりが戻る先があるとしたら、神保小路じゃないか。あそこにさ、直心影流《じきしんかげ》尚武館道場を改めて造りなさると思うね」

と鉄五郎が願望をこめて幸吉の言葉を否定した。

「そうか、神保小路か。だけどあそこには老中田沼意次の子分だか、用心棒剣術家が住んでいるって話だぜ。どうするんだ、老中の田沼をよ」

幸吉の問いにしばらく考えた鉄五郎が首を横に振り、

「あのお方の考えられることは、鰻屋の職人風情には分からねえ。だがよ、おれは坂崎磐音様が江戸に戻り、最後に落ち着かれるのは神保小路じゃねえとならねえと思うぜ」

と言い切った。

そのとき、

「おまえさん方、いつまでお喋りしてんだい。明日も早いよ」

とさよの声がした。

九

次の日、幸吉が鰻割きを手伝っていると、武左衛門の女房勢津《せつ》が宮戸川を訪ねてきた。

「どうしたの、母上」

娘の早苗が母親の顔色を見て、心配そうな声で問うた。

「早苗、亭主が昨日こちらを訪ねなかったかしら」

不安とも怒りともつかない勢津の返答だった。

早苗がさっと幸吉を見た。

「勢津さん、武左衛門の旦那、まさか昨夜戻らなかったってことはないよね」

幸吉の問い質すのに勢津が首を激しく縦に振り、

「もう若い頃の亭主と違うんです。安藤家の下屋敷の下男として奉公させてもらっているのに、これでは口を利いてくれた品川柳次郎さんにも言い訳がたちません。それに」

と勢津が言葉を途中で切った。

「母上、父上は宮戸川におそめちゃんやおはつさんのおっ母さんと一緒に来たわ」

早苗は昨夜の経緯を告げたうえで、おきんが長屋に帰ってないことを亭主の兼吉から知らされた幸吉が、この界隈の煮売り酒屋を探してまわり二ッ目之橋北詰の裏店で二人が泥酔をするのを見つけたことや、親方の鉄五郎からもたされた財布で飲み代を払い、ともかく二人を店仕舞いのとっくに済んだ煮売り酒屋から連れ出し、おきんを送って唐傘長屋に戻ったこと、武左衛門はひとりで陸奥《むつ》磐城平《いわきたいら》藩安藤対馬守《つしまのかみ》の下屋敷に戻っていったことを勢津に説明した。

「幸吉さんにそんな迷惑を」

と途中で嘆きの言葉を勢津は止めた。

「勢津さんよ、おきんさんと武左衛門の旦那の住まいは北と南だ。おりゃ、おきんさんしか送っていけなかったんだ」

「幸吉さんは当然のことをしたのよ」

と早苗が応じ、

「父上がその煮売り酒屋を出たのが四つ(午後十時)前のことだって、母上」

と今度は母親に向かって言った。

「途中で横川の土手か舫《もや》われている荷船にでも入り込んで寝てしまったかな」

と幸吉がすまなそうな顔で応じ、

「親方さん、幸吉さん、ご迷惑かけて申し訳ありません」

と勢津が詫びた。

「親方、どうしたもんかね」

「幸吉、ことのついでだ。武左の旦那が安藤家に帰った道を探してみねえか。なにがあってもいけねえや」

鉄五郎が幸吉に命じた。幸吉が直ぐに前掛けを外しながら、

「勢津さんは安藤様の下屋敷に戻っていたほうがいいな。早苗さんは心配だろうがうちでいつものように体を動かしていねえ」

とふたりの行動を振り分けた。

「幸吉さん、父上はひどく酔っていたんでしょうね」

と早苗が念押しするように尋ねた。

「ああ、酔ってはいたが、独りで帰れると言ったし、ふらりふらりしながら本所の方角に向かって歩いていったんだ。あの界隈は武左衛門さんの見知った土地だ。安藤様の下屋敷まで辿りつけると思ったんだがな」

と幸吉が首を傾げながら、ふと以前住んでいた吉岡町《よしおかちょう》の半欠け長屋に酔ったせいで迷い込んだかと内心思った。だが、口では、

「親方、武左の旦那が行きそうな界隈を探してみるよ」

「ご免なさい、幸吉さん」

と早苗がすまなそうに幸吉に詫びた。

「相身互いだ」

と言い残して宮戸川の前で勢津と別れた幸吉は、しばしその場で考えた。

昨晩、武左衛門が里の人が御竹蔵《おたけぐら》と呼ぶ公儀の御米蔵の方向に向かっていったことを幸吉は見ていた。

おきんの酔っ払った一件を、姉娘のおそめに、そして妹のおはつにも断じて知らせないほうがいいと幸吉は思った。二人の姉妹が哀《かな》しむのは分かっていた。親子の間がこれ以上離反するのはよくないと考えたのだ。

昨夜訪ねた煮売り酒屋はすでに仕込みに入っていた。

「おやじさん、昨夜は迷惑かけたな」

「おめえ、宮戸川の奉公人だってな。えらい知り合いがいたもんだな」

「武左衛門の旦那は腐れ縁さ、娘の一人がうちの鰻屋で奉公しているんだ。二人はよ、こちらで酒をだいぶ飲んだか」

「うむ、武左の旦那より女のほうが酒は強いな。女は四、五合は飲んだな。武左はせいぜい女の半分だろう」

「客は二人のほかにいたかえ」

「先に馴染みでもねえ、初めての客の四人組が飲んでいたんだ。最初はこちらの客が厄介《やっかい》だと思ったんだがね、剣術家くずれと渡世人だ。ところがさ、武左の旦那とおきんといったか、二人の声が大きいもんで、五つ半（午後九時）時分には出ていったな。あとはあのふたりよ。宮戸川の親方に支払ってもらえなければうちは大損だったよ。ともかく助かった、親方にとくと礼を言ってくれよな。うちは宮戸川と違って、こんなざっかけねえ煮売り酒屋だ、ただで飲み食いする輩《やから》に一件ひっかかると当分儲けはなしだ」

と煮売り酒屋の主が正直な気持ちを告げ、

「武左衛門の旦那は、かなり酔っていたかもしれねえな。昔ほど強くないもの。ひょっとしたら酔っ払っていてよ、昔の本所吉岡町の貧乏長屋を住まいと間違えて戻ったんじゃないか」

と推論を言い添えた。幸吉と同じ考えで、

（ありうるな）

と思った。

「よし、まずは吉岡町の半欠け長屋を訪ねてみるよ」

と言い残した幸吉は亭主の名も知らない煮売り酒屋を出ると、御竹蔵を囲むように流れる堀沿いに吉岡町に向かった。

昔、武左衛門一家が住んでいた半欠け長屋と呼ばれる裏長屋はこの御竹蔵の北の端から東へ入った本所吉岡町一丁目の裏地、横川に架かる法恩寺橋《ほうおんじばし》から西に向かう両側町の裏手にあった。半欠け長屋の西は吉岡町続北本所代地町・本所吉岡町続中之郷代地町、南は本所吉岡町一丁目横町と武家地、北も武家地だ。

宝永《ほうえい》三年（一七〇六）に御細工所《おさいくしょ》同心衆の拝領屋敷になり、吉岡町一丁目と称したという。裏手にあった半欠け長屋を思い出しながら幸吉は訪ねてみたが、武左衛門が訪ねてきた風はないと住人に言われた。幸吉が法恩寺橋からくる道に出てみると、

「幸吉、宮戸川の奉公を辞めさせられたか」

と声がかかった。法恩寺橋に地蔵蕎麦《じぞうそば》の店を構える竹蔵《たけぞう》親分だった。御用の筋か、大川の方角に向かっていた。

「そんなこっちゃないよ。昨夜から武左衛門の旦那がさ、陸奥磐城平藩の下屋敷の長屋に戻ってないと勢津さんが案じているんでな、朝っぱらから探しているとこさ」

「安藤様の下屋敷とは方向違いだぞ、幸吉」

「そこだ、竪川のさ、しけた煮売り酒屋で飲んでさ、亭主が言うにはだいぶ酔っぱらっていたから昔の吉岡町の貧乏長屋に戻ったんじゃないかと言うんでな、こ

っち方面に探しに来たのよ。だが、訪ねた風はないんだ」

しばし間を置いた竹蔵親分が詳しく話してみねえと言った。

幸吉は事情を告げた。

「武左衛門の旦那、まさか厄介に巻き込まれてないよな」

と竹蔵親分が自問した。

「なにかあったのか」

「この先の南本所石原町の米問屋の浅草屋《あさくさや》はな、裏長屋を何軒も持っていてな、密かに金貸しもしていらあ。その浅草屋兼右衛門《かねえもん》の家に深夜、押込み強盗が入り、一家三人と奉公人をふたりの五人を殺して金子を奪っていきやがった。そこへ酔った旦那が御竹蔵からふらふら歩いてきてよ、堀に舫われていた荷船に潜り込んで寝込んだって考えられないか。それも米問屋の浅草屋の前の堀留だと厄介だぞ」

「親分、まさか、旦那は押込み強盗になにかされたってことはないよな」

「少なくとも浅草屋の内外には武左の旦那の骸《むくろ》は転がってねえ」

「よかった」

竹蔵と幸吉のふたりは吉岡町から石原町に向かって急いだ。幸吉も見覚えのある米問屋浅草屋の前に出た。

「よかったかどうかまだわからねえよ。旦那は面倒しか起こしてこなかったし、それに武左の旦那の世話をしてきた尚武館の若先生も江戸を不在にしていなさる」

「ああ、頼りになるのは竹蔵親分だけだ」

「笹塚《ささづか》様も年番方与力《ねんばんかたよりき》を解かれてよ、木下《きのした》の旦那くらいしかいねえや」

というところに浅草屋の潜り戸が開かれ、定廻《じようまわ》り同心の木下一郎太《いちろうた》が姿を見せた。そのあと、検視をした医師が現れた。

「おれしかいねえというのはどういうことだ、竹蔵親分」

「妙なことが起きたかもしれませんぜ、木下の旦那」

木下が幸吉を見て、なにがあったという風に顎《あご》で竹蔵に、話せ、と命じた。

竹蔵が幸吉から聞いた話を告げた。

「ほう、押込み強盗に武左衛門の旦那が巻き込まれたというのか。あのお方ならなにが起こっても不思議はねえな。幸吉、武左衛門とおはつのお袋が酒を飲んだという煮売り酒屋に案内しねえ」

と木下同心が幸吉に命じた。

「へえ」

　と幸吉が答えると、

「武左の旦那はたしかに面倒しか起こさないな。それに、どんなことが起こっても武左の旦那は生き残ってやがる。これまで幾たびも死ぬような目に遭《あ》いながら、そのたびに甦ってきやがったものな。だが、頼りになる坂崎磐音様が江戸を不在にしていなさる」

　と木下が呟いた。

「そういうことだ」

　と応じた幸吉が、

「浅草屋に押し入った強盗一味は何人なんだえ」

「四人だ」

「どうして言い切れるよ」

「うーむ、そりゃ、言えねえよ。幸吉、こりゃ人殺しのお調べなんだ」

　と竹蔵が木下に代わって答えた。

「だけど、武左衛門の旦那が一味に捕らえられているかもしれないんだぜ。だれにも喋りはしねえよ」

木下と竹蔵が顔を見合わせていたが、

「検視した医師が言うにはな、ふたりは刀、それも刀の使い方からいって一人がふたりを殺したと思われる。もう一人の侍が奉公人を殺した。そしてさ、渡世人の得物《えもの》は匕首《あいくち》と錐《きり》のような刃物で一人ずつを刺殺したと検視医は鑑定している。ということは四人の押込みで五人を殺したのよ」

「ふーん、奉行所出入りの医者はそんなことも分かるんだ」

と応じながら幸吉はなにか気にかかった。だが、その折りはそのことについてなにも触れなかった。

「そやつら、浅草屋から七、八百両は奪っていきやがった。押込み強盗を見つけた通いの番頭が蔵の中を調べてのことだ。それになぜか野郎どもは米を一、二俵盗んでいきやがったんだ」

「押込み強盗が米か、重いぜ」

「だから、一味は船を店の前の堀留に泊めて、店に押し込んだのよ」

竹蔵が大川に通じる石原橋の堀留を見下した。堀留の前が浅草屋の船着場でもあった。幸吉はなんとなく竹蔵が見詰める堀留に視線をやった。検視した医師が御用船に乗り込んで石原橋へと向かっていった。

御用船がいなくなり、堀留付近の水面が見えた。

幸吉は水面に浮かぶ棒を何げなく見ていたが、不意に船着場に駆け下り、棒切れに手を伸ばして摑《つか》んだ。棒切れと思えたものは短めの中間木刀だ。武家に奉公する中間の名字帯刀は許されず、その代わり短い木刀を差していた。むろん主の危難の折りはその木刀で太刀打ちするのだ。だが、安永の時世、中間木刀は武家奉公人の身分を示す飾りに過ぎなかった。

竹村《たけむら》武左衛門は、浪人時代には当然のことながら大小を差していた。だが、陸奥磐城平藩安藤家に中間として奉公した。一家が家賃なしに長屋に住まいできたからだ。その折りから武左衛門は、中間木刀を差さざるを得なくなった。

中間木刀の柄《つか》部分に、

「武」

の字が書かれてあった。

「木下様、竹蔵親分、この木刀は武左の旦那のものだ」

と濡れた中間木刀を幸吉は掲げてふたりに見せた。

「くそっ、冗談ではなくなりやがった」

と竹蔵親分が言い、

「幸吉、とにかく武左衛門とおきんとかいう女が飲んでいた煮売り酒屋に急ぎ案内しねえ」

と木下一郎太が命じた。

最前幸吉が立ち寄った煮売り酒屋には屋号などはなく、亭主の名をとって呼ばれる酒屋だ。幸吉のそんな説明で竹蔵親分は、

「二ッ目之橋北詰の煮売り酒屋ね、仁助《じんすけ》の店だな」

と縄張りうちのことをたちまち断定した。

幸吉が町奉行所定廻り同心と地蔵の竹蔵親分を伴い、ふたたび顔を見せたので、

「武左の旦那はまた奉行所に厄介をかけたかい」

と仁助が幸吉から竹蔵に視線をやった。

「厄介は厄介だな」

と竹蔵が答え、幸吉から渡された中間木刀を翳《かざ》して、

「昨夜もこの木刀を武左の旦那は携えていたな」

「ああ、後ろ帯から抜いた木刀を振り立ててよ、おれも落ちぶれたものよ。その昔、伊勢津《いせつ》藩の武家であったが、今や大小を叩《たた》き売り、中間奉公よ、なんて大声で喚《わめ》いていたな」

「武左衛門の旦那がこの店を出たのは、いつだえ」

「鰻屋の職人さんに言ったぜ、四つ（午後十時）時分でよ。ふたりが文なしなんて知らずに危うくただ飲みただ食いされるところだったぜ。そこのお兄さんがふたり分の銭を払ってくれたんだ。あのふたり、一刻半（三時間）の間に一升近く飲んでよ、あれこれと食い散らして三朱と百五十文を兄さんに支払わせたんだぜ」

と仁助は余計なことまで言い添え、幸吉に感謝の眼を向けた。

「この店を四つ時分に出て、御竹蔵をゆらりゆらりと石原橋の堀留に向かったとしても、浅草屋の一味とぶつかるのはいささか刻限に差がございますな、旦那」

と竹蔵が木下に聞いた。

「あやつ、このごろ酒に酔うと直ぐ寝なかったか」

「武左の旦那、近ごろ酒が弱くなっていましたからね。堀留に泊まっていた船なんぞに乗り込んで眠り込んだんじゃありませんか」

と竹蔵が言うのを聞きながら幸吉が、

「仁助さん、おれが訪ねたとき、客は武左の旦那とおきんさんのふたりだけだよな。その前に怪しげな四人組がいたと言わなかったか」

「いたな。浪人者ふたりと渡世人くずれ、いずれも闇夜《やみよ》には遭いたくねえ連中だぜ」

ふたりの問答に竹蔵が口を挟もうとして木下に止められた。

「武左衛門とおきんさんとよ、四人組は話をしなかったか」

と幸吉が尋ねた。

「客同士が話だって」

としばらく黙考していた仁助が、

「おお、思い出した。四人組が先でよ、その半刻（一時間）あとに武左の旦那と女のふたり連れが入ってきた。そのときよ、武左の旦那が、いい船が舫ってある、なかなかの苫船《とまぶね》だな、と言ったんだ。武左の旦那は、荷積み仕事なんぞで船には妙に詳しいからな。すると四人組のやくざ者が、『中間さんよ、余計なことに気を使うんじゃねえ』と、旦那を叱《しか》りつけてな、武左がなにか喚きかけたのをとめて、座らせたんだよ。あったとすれば、その折りの問答だけだ」

「ほう、苫船な」

「木下様よ、この店を出た武左衛門の旦那が石原橋の堀留に差し掛かり、同じ苫船を見て人影がないってんで、潜り込んで眠ったとは考えられませんかえ」

大川に接した入堀に架かる石原橋は長さ四間、幅二間で、この界隈の住人はなぜか田楽橋と呼び、入堀の長さは大川との合流部から堀留まで百三間、幅は五間だ。

「竹蔵、あるな」

「木下様よ、武左衛門の旦那は、四人組の苫船と承知していたのか」

と幸吉が聞いた。

「さあて、あの酔っ払いの行動だ、その辺りはなんとも分からないな。だが、中間木刀の一件といい、この店での出会いといい、武左衛門はやつらのもとに捕えられているのは確かのようだ」

と木下一郎太が言い切った。

「木下様よ、この店にいた四人組が浅草屋に押込みに入ったとみて間違いないか」

と幸吉が念押しし、木下一郎太が頷いた。

「大変だ、こいつは早苗さんに知られちゃならないぞ」

と言いながら、おそめにもおはつにも知られてはならないと思った。

「宮戸川の兄さんよ、あやつらは押込み強盗か」

と仁助が幸吉に尋ねた。

「そういえばうちの飲み食い代の払いはよかったもんな」

と言った仁助に、

「四人組の話が仁助さんの耳に入ったってことはないか」

と竹蔵が尋ねた。

「あいつら流れ者だな、在所訛りでよ、仲間で話す折りは、ぼそぼそと小声で話すから聞こえないよ。だがな、やくざ者のひとりが酒を頼もうとしたとき、浪人のひとりがよ、今晩は仕事だ、酒はもうやめておけと注意したんだ。おれは、そろそろ酒の注文が入るぞと構えていたから浪人の言葉が耳についたんだ」

よし、というように竹蔵が頷いた。四人組が浅草屋に押し入る仕事ゆえ深酒を止めたと思ったのだ。

「仁助さんよ、あいつらの隠れ家なんて知らないよな」

と幸吉が尋ねると、

「押込み強盗の隠れ家なんて知らねえな」

と言った仁助が、

「だがよ、あいつら、うちに戻ってくるかもしれないぜ」

「えっ、どうしてよ」

「煙草入れを忘れていったんだよ」

仁助が調理場に姿を消して手に携《たずさ》えてきたものは、赤革払子《ほっす》金物の煙草入れと煙管《きせる》筒で、木彫払子彫りの見事な品だった。煙管は金銀象嵌《ぞうがん》の紋散らし、なかなかの逸品《いっぴん》だ。

「そいつを四人組のひとりが忘れていったというのか」

と一郎太が聞いた。

「風体《ふうてい》からいってとてもあやつらの持ちもんじゃないな、どこぞで盗んできたものだな。武左の旦那とおきんの声がうるさくて出ていって、急いで苫船に飛び乗ったもんだからうちに忘れていったんだよ。金目のもんだろ、竹蔵親分」

「ああ、おめえの煮売り酒屋の客の持ちもんじゃねえな」

木下一郎太は南町奉行所元年番方与力笹塚孫一《まごいち》にこの一件について文を書いて竹蔵の子分に持たせ、笹塚に届けられた。

十

その日、仁助の煮売り酒屋にひとりの奉公人が雇われた。

宮戸川の鰻職人の幸吉だ。幸吉はこの界隈では知られた顔だ。だから、決して店に顔を出すことはなく頬《ほお》かぶりして客から注文の菜を盛りつけして仁助に渡していた。宮戸川の職人にとって煮売り酒屋の調理場で働くくらい容易《たやす》いことだった。

幸吉が仁助の煮売り酒屋に入った曰《いわ》くは、仁助が、

「あやつら、血の臭《にお》いがするような野郎たちだぜ。おれひとりで応対して旦那方に知らせるなんてできっこねえ。こわいもんな」

と四人組が戻ってくると聞かされて怯《おび》えたせいだった。

木下一郎太の文を読んだ笹塚孫一が、裏長屋の独り暮らしの年寄りの風体をして仁助の店に顔を出した。

「仁助さんよ、わしが客としていようじゃないか」

と言ったが、笹塚孫一が南町奉行所の知恵者与力とは思わず、

「じいさんひとりいたって頼りねえな」

と不安がった。その言葉を聞いた笹塚が、

「一郎太はどうみても同心面《づら》だ。こいつはな、大掛かりな張り込みをやると四人

組は警戒してこの店に姿を見せまい。そうだ、幸吉、乗りかかった船だ。最後まで手伝え、武左衛門の命も関わっている話だ」

と言い出した。

「笹塚様よ、そりゃ、いいけど、おりゃ宮戸川の仕事もある、それにこの界隈でおれの面を知らない野郎はもぐりだぜ。そんなおれが煮売り酒屋の新入りか、やつらがおかしいと思わねえか」

「鉄五郎親方にはおれが事情を説明して一日二日、なんぞ理由をつけて休ませるように断る。どうだ、幸吉」

と独り暮らしの隠居然とした笹塚が幸吉に迫った。しばし思案した幸吉が、

「笹塚様よ、ひとつだけ注文がある」

「なんだ、注文とは」

「この一件な、四人組を捕まえて武左衛門の身柄を取り返すのがまずおれにとって、一番大事なことだな、うまいことあいつらを捕まえたとしてもな、宮戸川で働く娘の早苗さんと、おきんさんの娘のおそめちゃんとおはつちゃんには、この騒ぎの発端から仕舞いまでをさ、読売なんぞに書き立てられて知られたくないんだ。三人の娘は、親があんなでも必死で奉公しているんだからな、ほんとうの経《いき》

緯《さつ》を知って哀しませたくないんだ。南町奉行所がやつらを捕まえたってことで手打ちにしてほしいんだ」

「ほう、それが注文な。おれとしたら、南町の手柄を派手に読売で書いてほしいところだが、よし、幸吉の気持ちを汲《く》んで、なんとかそうなるように手配りしようじゃないか」

と笹塚孫一が幸吉に約定した。そんなわけで幸吉が仁助の煮売り酒屋の調理場にその夜から奉公することになったのだ。

「笹塚様、それがしにも注文がございます」

「なに、一郎太もか」

「それがしひとりで押込み強盗四人組を捕縛《ほばく》するのは難しゅうございます。だれぞ助勢を頼めませんか」

「うーむ、わしが手助けしても逃げられるかもしれんな。こういう場合には、尚武館の先生がいるといいのだがな。あちらはどこへ雲隠れしたか行方知れずだ、うーむ」

と考えた末に笹塚が、

「武左衛門の絡《から》んだ一件だ。江戸に残ったもうひとりの片割れに助勢をさせよ」

と命じた。

「品川柳次郎さんまで引き出しますか。それでも四人組のやくざ者に対して、それがしと品川さんのふたりですぞ」

「この笹塚孫一がおるではないか、腕には歳を取らせておらぬぞ」

と笹塚が自分の顔を指で差して胸を張った。だが、大頭の年寄り与力が頼りになるとも木下には思えなかった。

「ともかく品川柳次郎ならば、一応尚武館の門弟であろうが」

と強引に一郎太に柳次郎を誘い込みに行かせた。

去年の春にお有と所帯を持ったばかりの柳次郎は幸せいっぱいといった顔で実母の幾代《いくよ》とお有の三人で内職をしていた。小さな鯉のぼりを造っている。

「おや、木下どの、なんぞ御用かな」

「仲睦まじく仕事をなされておる折りに実に野暮な御用を願いたいのですがな」

木下一郎太が幾代の顔色を窺《うかが》いながら遠慮げな声で言った。

「どうされました、事情を話してくだされ。われら、古い付き合いではございませんか」

「いや、そう親切な応対をされるといよいよ言い難い」

と前置きした木下同心が昨夜からの経緯を語った。

「呆れました。また武左衛門どのに絡んだ騒ぎですか」

と最初に声を上げたのは幾代だ。

柳次郎はしばし沈思していた。

「木下さん、これは野暮どころの話ではありませんぞ。武左衛門だけの命にかかわることではない。われらふたりで四人組を相手にせねばならないのですな」

「幸吉がな、早苗さんにもおそめにもおはつにも、父親や母親の恥を知られたくないというのです。そこで奉行所の同輩の力を借りて大騒ぎになるのを笹塚様が避けられたのです」

「幸吉さんって優しいのですね、柳次郎様」

と新妻から声をかけられた柳次郎が、

「うーむ、そんな呑気《のんき》な話ではないぞ、お有。それがしと木下さんふたりで押込み強盗の四人組と戦うことになるのじゃぞ」

と抗うと、幾代が人差し指で自分の顔を差した。

「母上が助っ人と申されますか。筑紫《ちくし》流の薙刀《なぎなた》など武左衛門の旦那にしか効き目はありません」

と言い放った。するとお有が、

「大事なお方をお忘れです」

「その大事なお方は遠い地におられます」

「いえ、門弟衆が小梅村におられるではありませんか」

「おお、お有、よう思いついてくれた。そうじゃ、そうであったわ」

と柳次郎が大きく頷き、木下一郎太は、

(ひょっとしたら笹塚様は品川家に頼ればこうなることを予測していたのではないか)

と思案していた。


この夕べ、二ッ目之橋北詰近くの煮売り酒屋は、それなりに混雑していた。普《ふ》請場《しんば》帰りの職人たちが長屋に帰る前に一杯ひっかける姿だった。


幸吉は、朝の間から仁助が調理していた煮魚や里芋の煮っころがし、豆腐に田楽、それに漬物などを注文に応じて皿や小鉢に盛り付ける作業に追われ、これをいつもは仁助がひとりでやると思うと、

(仕事はなんでも大変だぜ)

と感じながら武左衛門のことを考えていた。

宮戸川を訪ねた笹塚孫一は、鉄五郎親方に武左衛門がどうやら押込み強盗一味に囚《とら》われているらしいことを伝えたうえで、幸吉を探索の手助けに二日ほど貸してくれないかと願ったという。

鉄五郎は、

「武左衛門さんがまたやらかしたか、早苗さんが心配しますぜ」

「そこだ、その件で願いがある。武左衛門も幸吉と一緒に探索を手伝っていることにしてくれぬか。必ずや四人組の押込み強盗は、二ッ目之橋の煮売り酒屋に戻ってくる」

「笹塚様、そりゃまたどうしてでございますな」

「親方、それはいまのところ言えぬ。われらを信じて今晩、あるいは明晩まで待ってくれぬか」

と笹塚に頼まれれば、鉄五郎親方は頷くしかなかった。その話を笹塚から聞かされた木下一郎太は、

「品川柳次郎さんは友のために死ぬ気で戦うと言うておりましたぞ」

「一郎太、品川どのの返答はそれだけか」

「はい。その他になにかご用命がございましたかな」

「ない。ないが」

と言いかけた笹塚が言葉を途中で喉の奥へ飲み込んだように止めた。

「どうかなされましたか」

「いや、いい。このところツキがないのは、坂崎磐音の江戸不在のせいかのう」

と独りごとを呟いた。


五つ（午後八時）前の刻限、大半の職人衆は立ち去り、煮売り酒屋には年寄りの隠居が悄然《しょうぜん》と酒をなめていた。他に職人と思《おぼ》しき三人連れが残っているだけだ。こちらは仁助の馴染み客だった。

一方、品川柳次郎と木下一郎太は、二ッ目之橋下に舫った荷船の中に潜んでいた。この荷船は横川の船問屋の所蔵船で、毎日この橋下に泊められていた。

夜の水面を蚊が飛んでいた。

一郎太は腕に止まった蚊を掌で音がせぬように叩いた。

どこで鳴らされるか時鐘が五つを告げた。

「今宵は来る気はないか」

と柳次郎が小声で洩らし、

「木下どの、なぜ奴らは危険を冒してまであの煮売り酒屋に戻ってくると考えておられるのです」

ううーん、と唸った一郎太が、

「その四人組のひとりがな、えらく立派な煙管と煙草入れを忘れていったんですよ。笹塚様の値ぶみでは何十両もする代物《しろもの》でしてね、押込み強盗風情の持ち物じゃない。ということは浅草屋の前に押し込んだ分限者のうちから盗んできたものだろう。あやつらとしても押込み強盗の証の品を煮売り酒屋に残しておくわけにはいかない。仁助がわれら役人に届ける前になんとしても取り返しておかずばなるまいというわけです」

「なるほど、それなら煮売り酒屋に戻ってくることは大いに考えられるな」

と柳次郎は得心した。

時折り、調理場の幸吉がふらりと二ッ目之橋の袂《たもと》にきて、新入りらしく体の伸びをしたりしているところに仁助親方の怒鳴り声が飛んだ。

「新入り、煙草ばかり吸いに出ていくんじゃねえ、でいいち仕事中に煙草を吸う根性がなってねえ」

「親方、すいませんね。気をつけます」

と頬かぶりした新入りが詫びて、直ぐに調理場に駆け戻った。むろん深川名物鰻処宮戸川の職人幸吉の仮の姿だ。

こんな仁助と幸吉の問答は、橋下の荷船の柳次郎と一郎太にも聞こえている。つまり未だ四人組が姿を見せてないという合図だった。

「そろそろ最後の客が店を出る時分になるがね」

最後の客とはこの界隈の裏店に独り暮らしの年寄りを装った南町奉行所元年番方与力の笹塚孫一のことだ。

「今晩、来ないとなると明晩だろうか、あやつらがあの煙草入れに拘《こだわ》るとしたら、昨日の今日だ、今晩が好機と思うがな」

と木下一郎太が言った。

そこへふらりと竪川の河岸道に酒に酔った体《てい》の年寄りが姿を見せて、なんと川に向かって立小便を始めた。むろん橋下にいる荷船のふたりにかかる心配はないが、一郎太が、

「ちえっ、笹塚様め、いくら年番方与力を外されたといって、ひでえことをしやがる。小便するなら神田橋の老中屋敷に向かってしろ」

　と文句を言ったとき、一ッ目之橋のほうから一艘《そう》の船が姿を見せた。同時に荷売り酒屋と思える方向から鍋を包丁の峰かなにかで叩く音がした。

「柳次郎さん」

「おお、木下さん」

　と呼び交わしたふたりが橋下の暗がりを利して二ッ目之橋の北の袂に駆け上がり、煮売り酒屋の裏口から飛び込んでいった。すると店のほうから、

「鍋なんぞを叩くのではない、怪我《けが》をすることになるぞ」

　という在所訛りの浪人者と思しき声がして、

「うちの店仕舞いの習わしなんだよ」

　という幸吉の声が応じた。

「もう店は終わったんだよ」

「昨晩、われらのひとりが煙草入れをこの店に忘れていった。返してもらおうか」

「親方、煙草入れの忘れ物があったか」

　幸吉が親方の仁助に問う声がした。

　一郎太が前帯に挟んだ十手を抜き、品川柳次郎は屋敷から持ち出してきた木刀

を構えた。

「な、なかったな」

と応じる仁助の声は震えていた。

「そのほうら隠すとタメにならぬぞ、忘れ物をねこばばする気か、ならば叩き斬《き》る」

「うむ、おめえ、只《ただ》もんじゃねえな。昨晩よ、この界隈の米屋に押込み強盗が入ってよ、何百両も盗んだうえに主一家や奉公人を無残に叩き殺したと聞いたが、まさかてめえらじゃねえよな」

幸吉が話を引き出そうと必死で問い質した。

「なに、われらが押込み強盗というか」

「違うか」

「煙草入れを出せ、ならば命だけは助けてやろう」

と浪人者が言った。

「ありゃ、おめえらの持ち物じゃねえ。どこぞの金持ちの家に押込みに入り、盗んできやがった逸品だな」

「おまえ、何者だえ。昨日今日、この店に入った新入りにしてはえらくあれこれと知ってやがるな。おれの煙草入れを出しな、出さなきゃあ匕首で突き殺すぜ」

とそれまで無言だったやくざ者が低声《こごえ》で言い放ち、匕首を抜いた気配が柳次郎と一郎太に感じられ、

「ひえっ、た、助けてくれ」

と仁助の悲鳴が聞こえ、ふたたび、

「がんがんがん」

と鍋が叩かれる音がした。

未だ仕舞ってない表戸に年寄りに扮《ふん》した笹塚孫一が立った。

「じいさん、もう店仕舞いだとよ」

とちらりと振り向いたやくざ者が囁《ささや》いた。このような修羅場《しゅらば》には慣れた手合いだ。

「四人組の頭分《かしら》、野分《のわき》の弥蔵《やぞう》ってのはおまえか」

「なに、じいさん、何者だ」

「南町奉行所元年番方与力笹塚孫一」

と言い放った。

「仲間の乗る船も現れたな、四人一緒にひっ捕らえてくれん」

「ほう、奉行所がおれっちに眼をつけてやがったか。杉村《すぎむら》の旦那、こやつらの始末をつけたら逃げ出すぜ、船も来ているとよ。もう煙草入れはどうでもいいや、煙草吸いの元三《げんぞう》が煙草入れに拘ったせいでよ、面倒になったぜ」

「よし」

と杉村の旦那と呼ばれた浪人者が、

「香取派剣術免許皆伝杉村新忠常《あらたただつね》」

と名乗った。

「一郎太、品川柳次郎、そろそろ姿を見せよ」

と笹塚孫一が奥に呼びかけ、ふたりが店に出ると、

「観念しねえ」

と一郎太がふたりに命じて十手を突き出した。

杉村新が剣を上段に構えたが、すぐに中段へと戻した。煮売り酒屋の天井が低かったせいだ。

「表に出ないか、そのほうが香取派剣術も遣い易かろう」

と柳次郎が言い、おお、と杉村が受け、入口に立っていた笹塚が急いで表に出た。

「幸吉、武左の旦那を探せ」

笹塚の命で、鍋と包丁を手にした幸吉が裏口から路地に飛び出し、竪川の河岸道に出た。そこでは野分の弥蔵と杉村新の二人に船から上がってきた元三ともうひとりの剣術家くずれが加わり、一郎太と柳次郎に見合っていた。

「幸吉、あの船だぞ」

と笹塚孫一が言って顎で四人組の苫船を差した。

「合点だ」

と幸吉が河岸道から石段を駆け下った。この界隈の堀には物心ついたときから精通している幸吉だった。鰻をとって鰻処の宮戸川に買ってもらうためだ。

苫船から大きな影が姿を見せた。なんと武左衛門だ。

「武左の旦那、なにしてんだ。皆が心配しているんだぞ。旦那は押込み強盗一味に加わったのか」

「おや、その声は幸吉か」

平然とした武左衛門の声に幸吉が頬かぶりをとった。

「おお、案じておったか。在所の出の押込み強盗をだますのなどお手の物だ。おれはな、船頭として雇われているんだ」

「河岸道には笹塚様も木下の旦那もいるぞ。あいつらと一緒にいただけで押込み強盗と見なされて大番屋に連れていかれるぜ」

「じょ、冗談をぬかせ。わしは生きんがために手伝っているだけだ。幸吉、どうにかならぬか」

「よし、武左の旦那はこの足で安藤様の長屋に戻れ。いいか、勢津さんには奉行所の捕り物をおれと一緒に手伝っていたと言え。昨日からの所業はなんとか胡麻《ご ま》かせらあ」

「おお、助かった。おりゃ、下屋敷の長屋に戻っておればよいな。あやつら、だいぶ江戸で押込み強盗を働いたらしく、どこぞに大金を隠しておるぞ。わしはそこまでな、従おうと思っていたんだがな」

「命が助かり、小伝馬町《こでんまちょう》の牢《ろう》屋敷に送り込まれないだけでもありがたく思いな、武左の旦那、それとも牢屋に入るか」

幸吉の言葉を聞いた武左衛門が竪川に泊められている荷船から荷船伝いに横川の方角へ逃げていった。その背を見送った幸吉が河岸道に上がると、四人組の強盗一味と木下一郎太と品川柳次郎が、抜き放った刀や匕首や木刀や十手で対決していた。

「一郎太、なにをもたもたしておる。こやつらをひっ捕らえぬか」

と笹塚孫一が檄《げき》を飛ばしたがなにしろ相手は四人、こちらはふたりだ。分《ぶ》が悪かった。一郎太が柳次郎を見て、

（どうなっておる）

と無言裡《り》に糺した。

「おかしいな」

と柳次郎が言ったとき、路地裏からふらりと小柄な人影が現れた。

「柳次郎さん、ちいと遅かったやろか」

と槍折《やりお》れを手に姿を見せたのは言わずと知れた小梅村の坂崎磐音とおこんの留守を預かる小田平助《おだへいすけ》だ。

「おお、小田様、どうなることかと案じておった」

と柳次郎が返事をして、

「こん四人が押込み強盗たいね」

「昨晩もこの界隈の米屋に押し入ったが、主一家と奉公人の五人を殺した面々がこやつらと思える。小田平助どのの槍折れで好き放題に殴りつけてよい」

と一郎太がほっと安堵の声で言った。

「そげんわけな。あんたらの相手はくさ、こん小田平助ばい」

「杉村先生よ、ほんとうにこやつら町奉行所の与力・同心か、妙な野郎ばかりだぞ」

と野分の弥蔵が言い、匕首の柄に、ぺっと唾《つば》を吐きかけて構え直した。

「一気に叩き斬って逃げるぜ」

という弥蔵の言葉で仲間の三人が小田平助に襲いかかった。

次の瞬間、槍折れが回転して野分の弥蔵と杉村新が河岸道にぶっ倒れていた。

それを見た仲間の二人が船へと逃げ込もうとした。だが、そこには幸吉がいて、鍋の底を包丁の峰でガンガンと叩き、二人の足が止まった。その二人に平助の槍折れが襲いかかった。

一瞬のうちに四人組の押込み強盗が河岸道に倒れていた。

「品川柳次郎さんや、こげんことでよかろか」

「よかよか、これでよかたい、平助どん」

と柳次郎が小田平助の訛りを真似て言った。

ふっふっふふ
という高笑いが笹塚孫一の口から起こった。

翌朝、幸吉が眼を覚まし、障子に差す光の具合に刻限がいつも起きるより遅いことに気付いて店に出た。すると早苗が朝餉《あさげ》の膳《ぜん》を運んできて、

「幸吉さん、ありがとう」

と礼を述べた。

「うーむ」

「うちの父のことよ。親方さんから聞きました。父が捕り物の手助けをしたなんて到底思えない。でも、そうやって幸吉さんがかばってくれたことが嬉しかったの」

と言った。

昨夜半に店に戻った幸吉は、鉄五郎にすべて事情を告げた。

「親方、嘘も方便だよな。おりゃ、娘のおそめちゃんに母親のおきんさんの悩みや迷いを知られたくねえんだ。早苗さんにもそうしてくれませんかえ」

と願って寝たのが未明だったせいで頭が未だぼうっとしていた。

鉄五郎が、

「ご苦労だったたな」

と幸吉を労《ねぎら》った。

そのことをようやく思い出した。

鉄五郎がどこまで話を早苗に告げたか、ともかく父親の武左衛門が無事であることを早苗は喜んでいた。

「いいってことよ。本所深川は川向こうの江戸とは違う。お互いが助け合って生きていくところよ」

と幸吉は言い、朝餉の箸《はし》をとった。

第二話　幸吉独り立ち

一

江戸前鰻の蒲焼《かばやき》の語源を辿ると、『寛文《かんぶん》江戸図』に記されている、大渡しから富岡八幡宮《とみおかはちまんぐう》に向かう深川の「江戸町」にあったらしい。この界隈には、蛤町《はまぐりちょう》、大島町、中島町など漁師町があって、鰻、牡蠣《かき》、蛤が名物で、

「江戸前のうま味」

が豊富に採れたのだ。

上方の割烹《かっぽう》の鰻料理が花のお江戸にもたらされ、江戸風に、

「焼き方、たれの味、蒸し方」

が工夫されて本家の上方より江戸前蒲焼として登場するのは寛文年間（一六六

一〜七三）と思える。さらに九十年あまりを経た寛延《かんえん》四年（一七五一）、

「深川鰻、名産也、八幡宮門前町にて多く売る」

と『江戸《えど》惣鹿子《そうがのこ》名所大全』に記されて深川鰻が定着したことが知れる。

幸吉が鰻を知ったのは四、五歳の頃のことだ。深川界隈の堀鰻が金になると、名も知らない年寄りが教えてくれたのだ。

「じいちゃんよ、あのにゅるにゅるしたものが売れるのか」

「おお、幸吉、おめえらの遊び相手を鰻屋に持っていけば買ってくれるんだよ。おりゃ、鰻捕りが仕事だよ。うまくいくときは職人の稼ぎの二倍くらいにはなるぜ。むろん季節にもよるがな」

「おれのお父ちゃんはたたき大工だぞ。そんなお父ちゃんより銭が稼げるならば、おれ、鰻捕りになる」

「うーむ、おめえ、いくつだ」

「五さいだ」

「五つじゃ無理だ。あと二、三年すればおれが鰻の捕り方を教えてやろう」

と名前も知らない年寄りが言った。

幸吉は若い衆について回り、竹籠《たけかご》を仕掛けるやり方や鰻が隠れている穴に竹棒

を突っ込み、誘い出して手づかみをする技を見せてもらった。幸吉が物心ついた時分、深川界隈には、「瓢簞池《ひょうたんいけ》、天間池、鍋屋堀、釜屋堀《かまやぼり》、小名木川《おなぎがわ》、隠亡堀《おんぼう》、仙台堀、亥の堀《いぼり》」と深川名物の天然鰻が採れる場所が数多くあった。

江戸の内海から満潮となれば堀に海水が入り込み、汽水域になったせいか、この界隈の鰻には風味があった。

幸吉が七つになった夏、

「幸吉、竹籠をどこへ沈めてもいいってもんじゃない。鰻が竹籠に入りたい場所に仕掛けるんだよ」

と馴染みになったじいさんが手ほどきしてくれた。

最初にじいさんが連れていったのが小名木川と竪川を南北に結ぶ十間川《じっけんがわ》で、土地の住人は、釜屋堀と呼んだ。そこで幸吉は、鰻捕りのあれこれをじいさんから習った。ひと通り、鰻の棲《す》み処《か》や捕り方を教えてくれたあと、じいさんは不意に幸吉の前に姿を見せなくなった。

幸吉の鰻捕りの師匠はこの名も知らないままのじいさんだった。そんな幸吉が深川鰻処宮戸川に奉公に出たのは安永四年（一七七五）の春のことだ。

二年後の安永六年におそめが今津屋の一年奉公を経て、念願の縫箔師江三郎のもとへ修業に入った。

幸吉は、奉公から五年後に宮戸川で職人として認められ、おそめから、

「深川名物鰻処宮戸川職人　幸吉」

と縫箔された襷《たすき》を贈られた。

おそめと幸吉、二人にとって恩師というべき坂崎磐音とおこんは、老中田沼意次に追われて江戸を離れ、高野山《こうやさん》の麓内八葉外八葉《ふもとないのはちようげのはちよう》の隠れ里姥捨《うばすて》の郷《さと》で雌伏《しふく》の時にあった。だが、坂崎一家や弥助、霧子、松平辰平、それに重富利次郎らがどこで再起の歳月を過ごしているか、江戸の人々は知らなかった。

そんな坂崎一家が江戸に、小梅村の今津屋の御寮に戻ってきたという知らせに、幸吉とおそめは小梅村を密かに訪ねた。

天明《てんめい》二年（一七八二）の秋のこと。

むろん二人はそれぞれの親方の許しを得てのことだ。幸吉は鉄五郎親方の、

「おお、おれの分も坂崎様とおこんさんに挨拶してこい」

と即刻の許しに、

「ありがてえ」

と素直に喜んだ。だが、おそめは幸吉に知らされても、

「幸吉さん、坂崎様方がお戻りになったの、そめもうれしゅうございます。だけど、私には奉公がございます。坂崎様とおこんさんに幸吉さんから宜《よろ》しくお伝えください。藪入りの折りに必ず小梅村を訪ねさせていただきます、と言い添えてください」

といったんは幸吉の誘いを拒んだ。すると問答を聞いていた江三郎が、

「そめ、確かにおめえは職人としてうちに奉公する身だ。だがな、おめえにとって坂崎様とおこんさんは、うちに奉公した折りの後見方、格別のお方だ。どこの職人の奉公に西の丸様の剣術指南と両替屋行司今津屋の奥向き女中の二人が、縫箔師風情のおれのところに頭を下げにくるよ。それも一年後にもまたふたりはおめえに従ってきなさった。そんな恩人が何年かぶりに命をかけて江戸に戻ってこられたんだぞ。幸吉さんのように素直に、直に会って、よう戻られましたと挨拶するのが礼儀というもんじゃねえか。今日は格別だ、小梅村に訪ねてこい」

と江三郎に険しい口調で叱られたそめは、無言で頭を下げた。

幸吉とおそめのふたりは、まるで触れ売りのような形《なり》に身をやつして小梅村の今津屋の御寮を訪ねることにした。というのも坂崎一家が戻ったことに老中田沼

意次は異常な警戒心を抱いていたからだ。

小梅村にも田沼派の見張りが張り付いていた。

そんなわけでふたりはお互いに竹籠を担いで、その中には宮戸川の鰻の蒲焼やら縫箔師のおかみさんが土産に持たせた甘味や角樽《つのだる》などがそれぞれ入っていた。

坂崎家の仮宅に近づくと、なんと剣術の稽古《けいこ》をする竹刀《しない》や木刀を打ち合う音がしてきた。

「小梅村の今津屋の御寮に剣道場があったか、おそめちゃん」

「私、知らないわ。だって今津屋に奉公していたのは一年ですもの、こちらを訪ねた覚えはないの」

「おれたちが訪ねてよ、稽古を中断させてもならないな。だいいち触れ売りは剣道場を訪ねないよな」

幸吉の案内でおそめとふたり、母屋《おもや》へと回った。すると縁側におこんと三、四歳の男の子の姿が見られた。おこんは襁褓《むつき》でも縫《ぬ》っているのかせっせと針を動かし、沓脱石《くつぬぎいし》には、神保小路の番犬だった老いた白山《はくさん》が寝そべっていた。

「空也さんかしら」

とおそめが男の子のことを幸吉に尋ねた。

「おそめちゃん、間違いない。おこんさんと空也さんだぜ」

そんな二人の気配を察したか、おこんが顔を上げて、触れ売りのふたりを見た。

一瞬の間があっておこんが破顔し、

「幸吉さんとおそめちゃんね」

と名指しした。

「おこんさん、よう江戸へ戻って参られました。長い旅路、ご苦労様でございました」

と幸吉が感激の体《てい》で言い、おそめは背の竹籠を下ろすと縁側のかまちに歩み寄り、深々と礼をした。その体をおこんが両腕にしっかと抱きしめた。

その姿を見ながら幸吉が、

「空也様ですね」

と言うと、母親と見ず知らずの娘が抱き合う光景を見ていた空也が、

「さかざきくうやです」

と答えた。

「どなたさまですか」

「おれかえ、幸吉っていってね、空也さんの親父じゃない、父上様と母上様の知

り合いだ。おそめちゃんもそうだぜ」

とまだ抱き合って涙を流し合うふたりを差した。

「ははうえがないておられる。かなしいのか」

「空也様、違いますよ。うれしいんでさ、おれたちはよ」

不意に白山が吠《ほ》えた。すると庭に磐音が立っていて、

「師匠、江戸に戻って参った」

と幸吉に話しかけた。

磐音が深川暮らしを始めた折り、なにも知らない浪人さんにあれこれと教えたのは幸吉だった。だから、その折りのふたりの呼び名は、師匠であり浪人さんであった。

「浪人さん、って呼びたくなったぜ」

「ふっふっふふ、師匠、また浪人に舞い戻ったゆえ、間違いではござらぬ」

ふたりの問答に抱き合っていたおこんとおそめが庭の磐音を見た。慌てて涙を手拭《ぬぐ》いで拭ったおそめが、

「坂崎様、ようお戻りでございました。そめは、そめは」

と言いかけて言葉が出てこなかった。

「幸吉、おそめ、そなたらの顔を見てな、よう険しい奉公を、修業をしたことがこの坂崎磐音にはすぐに分かった。そなたらこそよう頑張った」

と磐音がふたりに頷きかけた。

「浪人さん、顔を見て分かるかえ」

「おお、分かるとも」

「おそめちゃんは縫箔の親方のもとでたった四年の修業で大仕事を任されたんだぜ。一昨年のことだよ」

「いえ、幸吉さんも宮戸川の立派な職人さんとして親方を手伝っています」

「おそめは信念の人であり、才があった。それがわずか四年の努力で花の一片が開いたのであろう。一方、わが師匠は、鰻にかけてはだれよりも承知だ。ふたりしてよき職人になろう、浪人さんがたしかに請け合おう」

と言い切った磐音に、

「おそめさんと幸吉さんをいつまで庭に立たせておくのですか」

とおこんが言い、

「おお、縁側からでよいならここから上がってくれぬか」

とふたりを縁側から招じ上げた。

「父上、このひとたちはしりあいですね」

「空也、いかにも知り合いじゃ」

「父上、このいいにおいはなんですか」

「分かったか。鰻の匂いでな、幸吉の師匠どのが焼かれた鰻の蒲焼じゃぞ。土産に持参なされたか」

「親方がわっしにね、坂崎様とおこんさんの蒲焼はおめえが焼けって命じられて焼いた鰻だよ」

縁側に竹籠を下ろしたふたりがなかからあれこれと取り出すと、空也が、

「おおー、くいものやじゃ」

と驚きの声を発した。

「おこん、本日は格別の日じゃ。道場の皆も呼んで、再会を祝せぬか」

と提案した。

「うーむ、道場には何人おられます」

と幸吉が尚武館時代の門弟数を思い出したか、案じた。

「こちらにはな、遠いこともあり、田沼様の眼も光っておるで十二人ほどしかおらぬ」

「幸吉さん、うちは朝餉と昼餉《ひるげ》が一緒よ、その仕度もしてあるわ。頂戴したものを少しずつ皆で分けて食べましょう」

母屋に松平辰平、重富利次郎、霧子、小田平助、弥助の身内と坂崎遼次郎《りょうじろう》、速水《はや》杢之助《み もくのすけ》に右近《うこん》兄弟、神原辰之助《かんばらたつのすけ》ら十一人が集まり、

「おお、幸吉どのか」

「おそめさんもおるぞ」

「この匂いは宮戸川の鰻の蒲焼と違うか」

などと言い合い、再会をここでも祝福することになった。

幸吉とおそめの形《なり》と顔をしげしげと見た利次郎が、

「そなたら、職人を辞めて早所帯を持ったか」

と言い出した。

「利次郎、この小梅村を見張っているどちらか様の不逞《ふてい》の輩を考えて、かような形をしているのではないか。二人の顔を見れば、この数年、しっかりとそれぞれが修業に精出してきたことが分かろう」

と辰平が利次郎の早飲み込みを注意した。

「相変わらずの利次郎さんと呼びたいが、若先生と一緒に旅をして苦行したとみえて体も顔もしっかりとした剣術家におなりになりましたな」

と幸吉が利次郎を評した。

「傍らに霧子がおったでな、それなりに頑張ったと若先生に成り代わり言っておきましょうか」

と弥助が応じた。

「おそめさん、好きな道に進まれたのよね、縫箔は楽しいですか」

と霧子がおそめに聞いた。

「霧子さん、奥が深こうございます。毎日が悩みのタネ、ただひたすらひと針ひと針を疎《おろそ》かにしないように努めております」

「どのような道も究《きわ》めるというのは容易ではないのね」

「はい、霧子さん。未だ半人前の女職人です」

とおそめが答えた。すると傍らから幸吉が二年前、おそめが江三郎親方と一緒に札差にして豪商の伊勢屋敬左衛門の娘の婚礼衣装をなした話をして、

「あの祝言の衣装替えを見た招き客が次々におそめを名指しで縫箔を願って、いまや呉服町の縫箔師の売れっ子なんだよ」

とどこで知ったか、そんなことを披露した。

「幸吉さん、それは勘違いです。親方がおられるから注文が入るのです。私は未だ修業中の職人にしか過ぎません」

ときつい口調で訂正した。すると珍しく幸吉が、

「おそめちゃん、おれもおまえさんも修業中の職人ということはとくと承知だ。だがよ、伊勢敬の仕事の半分をなしたのはおそめちゃんじゃないのか」

と重ねて質した。それにはおそめも無言で答えた。

「そうか、さような大仕事をなしたか」

と磐音が応じて、

「ここにいるみんなは身内と思っているんだ。だから、嫌なことも嬉しいこともお互い承知していいと思ったんだ。違うか、おそめちゃん」

しばし沈思していたおそめが幸吉の言葉にこくりと頷いた。

「若先生、おこんさん、おれはな、おそめちゃんの頑張りに少しでも追い付こうと精出してきた。だが、いつも先に行っているのはおそめちゃんだ」

としばし間を空けた幸吉が、

「あるとき、ふと気付いたんだ。おそめちゃんはおそめちゃん、おれはおれの歩

みでさ、頑張っていけばいいってな。そう思っちゃいけないか、若先生」

　磐音も幸吉の問いを吟味するように沈思し、大きく首肯すると、

「それでよい、幸吉」

　と言い切った。

「利次郎、われらは幸吉さんの考えに達しておるか。江戸を出て以来、それがし、長い歳月を独りで歩き、最後は利次郎とともに若先生の一行に加わったな。われら、常に若先生のもとでの修行ではないか。幸吉どのとおそめちゃんは、確固とした信念で修業をしている、それが分かった」

　と辰平が言い、おこんが、

「私どもの来し方をうんぬんするのは、お棺の蓋《ふた》が閉まるときに各自が考えればいいことよ。本日は、おそめちゃんと幸吉さんと再会した喜びの宴よ」

　と宣言して、
　わあっ
　と一同が沸いた。

　夕暮れ、おそめと幸吉は速水杢之助と右近の船に同乗させてもらい、いったん

隅田川に出て直ぐに源森川《げんもりがわ》に入り、さらに業平橋《なりひらばし》で横川に入って竪川に向かう水路を通ってまず六間堀の北之橋で幸吉を下ろすことにした。

「杢之助さん、右近さん、元御側御用取次《おそばごようとりつぎ》のご子息兄弟に送らせるなんて恐縮至極です」

と幸吉が六間堀に入ったとき、二人に礼を述べた。

櫓《ろ》は弟の右近が握っていた。

「幸吉さん、われら坂崎磐音様を通じて身内のようなものです。元御側御用取次といっても父上のことです。そう、父は父、われらはわれらです」

幸吉の言葉をとって右近が笑みの顔で言った。

へえ、と返事をした幸吉が右近からおそめに眼差しを向け、

「おそめちゃん、こんな楽しい日は久しぶりだったよ。明日からまた頑張るぜ。一日でも早く一人前の鰻職人になるようにね」

とおそめに約束した。

「今日ほど私には親身になって考えてくれる大勢のお仲間がおられるのだと思ったことはないわ。幸吉さん、ありがとう」

おそめが普段の頑《かたく》なな気持ちを忘れて素直に幼馴染みに礼を述べた。ああ、と

応じた幸吉が、

「杢之助さん、右近さん、遠回りになるが、おそめちゃんを呉服町の縫箔屋まで送ってくれませんか」

と願った。

「案ずるな、幸吉兄さん。おそめ姉さんを縫箔屋のお店までそれがしが送って参る」

と杢之助が言い切り、五間堀の入口で空の器が入った竹籠を背負った幸吉が下りた。

「またこんどの藪入りに会えるといいな」

というのが幸吉のおそめへの別れの言葉だった。

「ええ、親方に願ってみるわ」

とおそめが約束した。

「気をつけてな」

幸吉の言葉を背に右近の漕《こ》ぐ舟は、小名木川へと出ると大川を左岸から右岸へ、永代橋《えいたいばし》を潜って日本橋川へと入っていった。

「おそめさん、修業はまだ何年も続くのだな」

と李之助がおそめに尋ねた。

「本日、皆さんと楽しく話しているうちに言い忘れたことがございます。幸吉さんには言ってございます。京へ縫箔修業に行かせてくれると親方が約定してくれました。坂崎様とおこんさんにお伝え願えませんか」

「なに、女ひとりで京へ修業か、えらいな、おそめ姉さんは」

と李之助が感心し、

「いえ、若親方が同行してくださるそうです」

「そうか、若先生と義姉上《あねうえ》に明日には必ず伝える」

と約束した。そしてしばらく思案していた李之助が、

「若親方が同道するとは申せ、箱根の関所にて出女に厳しい調べが待っておろう。おそめさんの親方に伝えてくれぬか。父上に願って手形の添え状を書いてもらうとな」

「ありがとうございます。若先生とおこん様を通じてほんとうに私ども、身分をこえて身内なんですね」

「そういうことだ。大きな戦《いくさ》を前にした仲間である」

と李之助が言い切った。

むろん戦とは老中田沼意次との紛争だ。

視界の先に大勢の人々が往来する日本橋が見えてきた。

「杢之助様、右近様、お送りいただきありがとうございました。呉服橋は舟をおりて傍です」

「おそめ姉さん、兄上がお店まで送って参る。おこん義姉に厳しく命じられておるからな」

と右近が言い、

「元御側御用取次様の御子息に呉服町まで送っていただいたら、親方を始め職人仲間が驚くわ、いえ、腰を抜かすかもしれません」

「われらは身内じゃぞ」

と右近が言って日本橋の船着場に舟を寄せた。

天明二年の秋のことだった。

二

同じ刻限、磐音は湯船に浸《つ》かっていた。

脱衣場に人の気配がして、

「おまえ様、楽しい集いでしたね」

とおこんの声がした。

「いかにもさよう、われらにはたくさんの弟や妹がおるのだな」

「はい。決して私ども一家だけではございません。よき門弟衆や弟妹に恵まれました」

「おこん、おそめさんに気持ちの余裕が出てきたのではないか。あんな風に笑みを浮かべたおそめさんを久しく見なかったわ」

「伊勢敬様の花嫁衣裳の縫箔を親方と一緒に半年以上もかけてし遂げただなんて、私には信じられません」

「おそめさんには並外れた絵心が、才があった。そのうえ夜も寝ないで修業をしてきた努力が報いられ、自信になったようだ」

「それに幸吉さんも鰻職人の顔になりましたね。坂崎磐音のお師匠さんですものね」

「いかにも師匠も頑張っておる。いつの日か、二人が独り立ちする日が必ず参る」

と応じながら、

（われらにはなんとしても勝たねばならぬ戦いがある）

と思いを新たにした。そして、神保小路に直心影流尚武館道場を再興せねばならぬ、そのために江戸に戻ってきたのだと、改めて心に誓った。

「明日はなんぞ格別な御用がございますか」

「いや、外出をなすことはない」

と磐音は答えながら、

（三年余の旅の間に考えてきたことをなすのは今しばらく先であろう）

と思念していた。


幸吉は、最後の客が川向こうの江戸に船で戻ったあと、後片付けを朋輩《ほうばい》の八十《やそ》助《すけ》とともになした。

「幸吉さんよ、今日はよほど楽しかったようだな。笑みが絶えないじゃないか」

と一年前に江戸の名店江戸前・御蒲焼やまぐちから宮戸川に鞍替えしてきた八十助が声をかけた。八十助は幸吉よりも年上だし、鰻を扱う技量はなかなかのものだった。前の店では職人頭にいじめられたとかで、馴染みのない深川に移ってきたのだ。

親方の鉄五郎もいくらやまぐちに奉公していたからといって、八十助の腕をそのまま信じたわけではない。おしょおと呼ばれる死んだ鰻で割きをやらせた。死んだ鰻は生きている鰻を割くよりも難しい。皮がやわらかく変化して、肉は反対に固くなっているからだ。このおしょおを八十助はあっさりと割いた。

「うーむ、おれの恩人同様の人と久しぶりに会ったのだからね、嬉しかったさ。これで江戸が面白くなる」

と思わず幸吉は声を張り上げ、

「江戸が面白くなるってどういうことだ。幸吉さんの恩人ってだれだい。会ったのは女かと思ったぜ」

と八十助が言った。

「恩人か。八十助さんの前の店は、鎌倉河岸《かまくらがし》裏にあったんだったよな」

「おお、三河町新道《みかわちょうしんみち》にあったぜ。それがどうかしたか」

「ならばそう遠くあるまい。おれの恩人の住まいは神保小路にあったのよ」

「神保小路だと、武家地だぞ」

「そう、武家地だ。そこに直心影流尚武館佐々木道場があった」

「おお、有名な剣道場だよな、たしかお城のお偉い方の怒りに触れて潰されたんじゃなかったか」

と八十助が曖昧《あいまい》な口調で応じた。

「老中田沼意次様と奏者番《そうじゃばん》田沼意知様親子の意向とかでな、公儀の道場に等しい剣道場を追われ、旅に出ておられたお方が何年かぶりに江戸に戻ってこられたんだ、そのお方が恩人さ」

「なに、幸吉さんの恩人はお武家様か」

「信じないか。そのお方はこの宮戸川で鰻割きの仕事をされていたこともある。その折りはおれが鰻の先生でさ、師匠と呼ばれていたんだ」

「みんながよく口にする坂崎なんとか様か」

「そうそう、その坂崎磐音様だ」

「おかみさんは今津屋のおこんさんだよな。こっちは顔を見にいったことがあらあ。あのふたりは老中に睨《にら》まれているんだろ、命が危なくないか」

「危ないかもしれないいな」

ふたりは後片付けを続けながらなんとなく話をしていた。

「そうか、今日、親方がたくさん蒲焼を幸吉さんに持たせたのはその坂崎さんのところにか」

「そういうことだ。数少なくなった門弟衆たちと一緒に思い出話でよ、時を過ごしたのさ。親方も坂崎様とおこんさんゆえ、おれが仕事を休むのを許してくれなさったのさ。今日は迷惑をかけたな、八十助さん」

「なあに、いいってことよ。おれが働いていたやまぐちはそんな融通は利かないもんな。深川はあっちより人情味があるぜ」

と言った八十助が洗い物をした器を片付けながら、

「おりゃ、てっきり幸吉さんがどこぞの娘さんと会っていたんじゃないかと思っていた」

と繰り返した。

「むろん坂崎様の知り合いには女衆もいる」

「送られてきた船には娘さんが乗っていたもんな、船頭はお武家さんふたりだったな」

と八十助が思わず洩らした。

(なんだ、八十助さんは見ていたんじゃないか)

と思った。そして、八十助がなぜ江戸の老舗《しにせ》のやまぐちから宮戸川に鞍替えしてきたか、いまひとつ理由《わけ》が分からないと思った。それに八十助は一見宮戸川の奉公人たちと馴染んでいるようで、どこか本心を隠しているようなところがあると思っていた。深川で評判の鉄五郎の鰻料理の味を盗みにきたんじゃないかと幸吉は考えたこともあった。それに親方も幸吉も八十助が客の残した酒を、台所に膳をさげる体でさっと飲むことを承知していた、酒好きなのだ。だが、奉公人の躾《しつけ》には厳しい鉄五郎が見て見ぬふりをしていた。

「八十助さんの奉公していた江戸前・御蒲焼やまぐちは、川向こうの江戸では老舗だよな。やっぱりうちと鰻の捌きや蒸しや焼きが違うか」

「ああ、違うな。だからさ、おれは鉄五郎親方の技を見にきたんだよ」

と八十助は、親方の技量やたれの味を盗みにきたことを婉曲《えんきょく》に言った。

(ふーん、八十助の魂胆はそういうことか)

と思いながら、八十助の本心が今ひとつ理解つかなかった。

「幸吉さんはよ、若いけどよく鰻のことを承知だよな」

「この界隈の貧乏長屋の子供はさ、鰻を物心ついたときから堀で捕まえてよ、鰻屋に売りに来てさ、家の稼ぎにしていたんだ。鰻とは長年の付き合いだからな」

「どうりでその若さでよ、鰻の扱いが上手だと思ったぜ。いつかは独り立ちするんだろ、縫箔職人のおそめさんと所帯を持つか」

八十助はおそめが縫箔職人であることや名まで承知していた。幸吉は聞こえなかったふりをして、

「おりゃ、未だ半人前の職人だ。とても独り立ちなんてできっこないよ。でいいち店を開くお金なんぞ持ってねえものな」

「お金があれば独り立ちするか」

「そりゃ、したいさ。だが、どんなに頑張っても一人前の職人になるにはあと十年はかかるな」

「おい、幸吉」

と呼び捨てにした八十助が、

「幸吉さんよ」

と慌てて言い直し、

「そんな呑気なことを考えていたら店なんか持てないぜ。銭も技も工面次第でどうにもならあ」

「へえ、そんな手があるのか。八十助さんは、宮戸川の味を覚えたら店を持つ気か」

「奉公人ならばだれもが考えるよな」

「でも、鰻職人の百人にひとりも鰻屋の主《あるじ》にはなれないよ」

「だから手があると言ってんだよ」

「教えてほしいもんだな」

　と幸吉は応じながら、

（やはり八十助の本心が摑めない）

　と思った。そして、八十助とこんな風にふたりだけで話したのは初めてのことだと気付かされた。

「いつかな」

　と八十助が言い、話は終わった。

　幸吉と八十助は住み込みの部屋が別々だった。

　幸吉は宮戸川に弟子入りしたときから、台所の上の中二階に寝ていた。この中二階は店で使う什器《じゅうき》や季節の掛け軸などが保管してある部屋で、せいぜい六畳ほどの広さだが、幸吉が使える空間はその半分しかなかった。この狭さが気に入っていた。

　親方から職人を許された三年前、

「幸吉、おまえは一人前の職人だ、店の二階の奉公人部屋に移らないか」

と言われたが、

「親方、慣れたこの荷物部屋が落ち着くんです。できるならばこちらで許してほしい」

と願って中二階に住み続けていた。

床に入り、八十助との問答を思い出してみた。

やはり腕の立つ新入りの魂胆がいまひとつ理解つかないと思った。思ったが、考えても致し方ない。そこで小梅村の今津屋の御寮に戻ってきた浪人さんとおこんのことを考えた。弥助、霧子、松平辰平、重富利次郎も別々の江戸入りながら、小梅村に落ち着いた。それは老中田沼意次一派と対決するために江戸へ戻ってきたと幸吉は信じていた。そして、田沼親子も尚武館佐々木道場の元道場主にして、ただ今は小梅村の尚武館坂崎道場の主の行動を見逃すはずもあるまいと思っていた。

江戸の人間ならば、将軍家治の名を借りて城の内外に権勢を振るう田沼親子を、尚武館小梅村道場の主が倒すことを願っていた。だが、田沼親子とただ今の坂崎磐音では、牛車《ぎっしゃ》に挑む蟷螂《とうろう》だ。

幸吉は、

（浪人さんはきっと田沼親子を倒す）

と信じていた。そして、

（おれ、おそめちゃんと所帯を持てるのだろうか）

と訝った。

今日のおそめは実に嬉しそうだった。あんなに笑顔を見せたおそめを幼い折り以来、見たことがないと幸吉は思った。

縫箔職人は厳しいもんな、それに女職人となれば朋輩からあれこれと意地悪もされようと思った。

うーむ、なぜ八十助は、おそめが縫箔職人であることや名まで承知なのか、と幸吉は改めて不審を抱いた。

（変だよな）

と思いながら眠りに就《つ》いた。

数日後、幸吉は鉄五郎に釣銭の両替を命じられた。今津屋と懇意になって以来、両替は橋を渡った今津屋でするのが習わしだ。今津屋に五両ほどを一分と一朱、それに銭に両替することを願うと、もうひとつ用事を命じられているので、帰りに立ち寄り釣銭の袋を受け取りますと老分番頭の由蔵に言い残し、鎌倉河岸裏の三河町新道の江戸前・御蒲焼やまぐちに向かって走った。

昼下がりの刻限だが客が大勢いた。こりゃ、だれも相手してくれないかと、迷っていたら、ぴらぴら簪《かんざし》を髷《まげ》につけた娘が、

「なにか御用」

と額に汗を掻《か》いた幸吉に尋ねた。

「こちらの奉公人さんですか」

「いえ、やまぐちの娘よ」

「おお、失礼いたしました。お嬢さんでしたか」

幸吉はいよいよ迷った。すると娘が、

「あら、あなたの体からうちと同じ鰻の匂いがするわ」

とくんくんと嗅《か》いだ。

さっぱりとした気性の娘だった。曖昧な話でも聞いてもらえそうだと幸吉は思った。

「お嬢さん、わっしは川向こうの鰻処宮戸川の職人でございます」

「宮戸川さんの職人さんなら鰻の匂いがして当たり前よね。うちの鰻を食べにきたの」

「いえ、違います。こちらに一年前まで、八十助さんって職人が奉公していませんでしたか」

「あら、八十助の知り合いなの」

と娘は困ったな、という顔を見せた。

「知り合いといえば知り合い、八十助さんはうちで働いております」

「なんですって、宮戸川で八十助が働いているってどういうこと。うちに後ろ脚で砂をかけて辞めていった男よ」

その瞬間、幸吉は娘に正直に相談してみようと思った。

幸吉は、八十助が一年前に宮戸川に姿を見せて親方に奉公を願ったことを告げた。

「その折りのことです。八十助さんはこちらの親方さんの口利状《くちききじょう》を手にしていたのです、そして、こちらのやまぐちさんを辞めた理由は、同輩からいじめに遭ったからだと親方に説明したのです」

このことは八十助が宮戸川に奉公が決まる前に、鉄五郎が幸吉ら奉公人に話したことだった。

「待って、うちのお父っつぁんが八十助に口利状なんて書くわけないわ」

と言い切った。

「へえ、なんとなく分かります」

と応じた幸吉は、

「八十助さんは職人として腕はいい。だけど、どことなく本心を見せてないような気がしているんです」

と幸吉が応じたとき、

「お幸《こう》、どなたさんだえ」

とやまぐちの主と思しき、つまりお幸の父親らしき人物が声をかけた。

「お父っつぁん、この方、川向こう六間堀の鰻処宮戸川の職人さんよ、名は」

「幸吉です」

と慌てて名乗った。

「うーむ、宮戸川の職人さんがうちになんの用だ」

「お父っつぁん、一年前までうちにいた八十助が宮戸川で奉公しているんですって」

「なに、あいつがよく宮戸川さんの職人になれたな。うちと同じくらいの老舗だぞ」

「お父っつぁんの口利状を携えていったからよ」

「おりゃ、そんなもの書く謂《いわ》れはねえし、してもいねえ」

とやまぐちの当代尚太郎《なおたろう》が言った。

「だからおかしいというの。幸吉さんもそれでうちに見えたのよ」

しばし沈思していた主が、

「幸吉さんと言ったかえ、ちょいとうちで話を聞かせてくれないか」

と幸吉に願った。


翌日のことだ。

昼下がりの今津屋の店座敷に鉄五郎と幸吉の姿があった。

「おや、親方、昨日は幸吉さんが釣銭の両替、本日はご当人自ら幸吉さんとお出ましですか」

と老分番頭の由蔵が言った。すると鉄五郎が妙な顔をして幸吉を睨んだ。

「わっしはこちらに呼ばれたってんで、幸吉に案内されて橋を渡ってきたんですがね」

「親方、老分さん、ちょっと曰くがあって宮戸川では話せないことなんです。今津屋さんの名を勝手に使って申し訳ございません。おふたりしておれの話を聞いてくれませんか」

と幸吉がふたりに願った。

鉄五郎と由蔵が顔を見合わせ、頷き合った。

「親方、わっしの勝手は、のちほど存分に叱ってくれないか」

「幸吉、今津屋さんの老分さんまで煩《わずら》わせたんだ。それなりの曰くがあるんだろうな、話しな」

鉄五郎が幸吉を睨みつけた。

「昨日、親方、こちらに釣り銭を両替してもらっている間に、鎌倉河岸裏の三河町新道の江戸・御蒲焼やまぐちを訪ねたんだ。偶さかやまぐちのお嬢さんのお幸さんがわっしの話を聞いてくれなさった。ただ今、うちの鰻職人として働いている八十助さんはよ、一年前まで確かにやまぐちで働いていた。だがな、親方、やまぐちには後ろ足で砂をかける所業で辞めていてな、といってもその所業は話してくれなかった。ただし、あちらの親方はうちの親方に口利状を書くような真似はしていないと当代の尚太郎さんがはっきりと申されたんだ」

「どういうことだ、幸吉」

幸吉はしばし間を置いた。

「やまぐちには神田橋の老中田沼様の家来衆や奏者番田沼意知様の重臣も鰻を食しにきなさるそうだ。意知様の用人津田《つだ》信政《のぶまさ》様もあちらの馴染み客でな、ある時期から八十助を贔屓《ひいき》にして親方の尚太郎さんより八十助に鰻を焼かせていたそうな。やまぐちでは苦々しく思っていたが、老中田沼の名を出されると、だれも抗うことはできないよな」

「できませんな」

と由蔵が話の先を察した体で応じた。

「幸吉、あやつがうちに鞍替えした理由はなんだ」

「そこまではやまぐちも知らないんだ。ただ、津田用人に命じられてうちに入り込んだことはやまぐちの当代の話で推量できるということだ。

数日前、わっしは辰平さんや利次郎さんからこの春だかに紀州《きしゅう》の高野山で田沼老中の妾《めかけ》のおすな一味を尚武館の若先生一統が根絶やしにしたと聞かされた。つまりよ、田沼としては近々坂崎磐音様方が旅を切り上げて江戸に戻ってくることが予測できた」

「というわけで、田沼一派は、坂崎様と親しい宮戸川に鰻職人をひとり入り込ませた、情報《はなし》をとるためにね、幸吉さん」

「と思います」

二人の問答を聞いていた鉄五郎が、

「なんてこった、あの野郎の口利状は偽物か」

「親方は、やまぐちの尚太郎親方の文字を承知ですかえ」

「顔は同じ商いだから承知だが、文を交わすほどの間柄じゃねえからな。くそっ、あの野郎を叩き出してやる」

と怒りの言葉を吐いた鉄五郎に、

「親方、ここは辛抱のしどころですよ。知らぬふりをして、雇っていなされ。鰻屋の店を持たせてもらうなんぞ約束されて恩義ある奉公先をさっさと辞めるような小物の八十助より背後の大物を坂崎様が始末するまでな、八十助の使い道はあれこれとございますよ」

と老練な由蔵がいい、幸吉もうんうんと頷いた。

三

鉄五郎と幸吉のふたりは、今津屋の帰りに船宿川清《かわせい》の小吉《こきち》船頭の猪牙舟で急ぎ、小梅村の尚武館坂崎道場を訪ねて、幸吉が探り出した話を告げた。

「ほう、われらが江戸に戻ることを神田橋では承知しており、宮戸川にさような鰻職人を入れておりましたか」

と応じた磐音がにっこりと笑い、

「さすがはわが鰻のお師匠です。よう気付いてくれました」

と幸吉を褒めた。

「さあて、どうその者を使ったものか」

と腕組みして思案した磐音が、

「親方、近々、ふらりと宮戸川を訪ねます。それがしがそちらを訪ねることは知らぬ振りで対応してくだされ」

「へえ、それでどうしますんで」

「その場に表猿楽町《おもてさるがくちょう》のお方をお招きしてふたりでいささか内談をもちとうござい

ます」

「で、ですがうちには最前話した八十助なる田沼派の間者《かんじゃ》が潜りこんでおります。内談が漏れてもなりますまい。それに速水左近《さこん》様は甲府におられましょう」

「親方、われらの内談は、その八十助に聞かせるためです。津田用人にわれらの『内談』が八十助を通じて伝わればよいのです」

「おお、あやつを利用して嘘の話を伝えさせますか」

「嘘か真か、ともかく相手方に伝わればよい」

「分かりました」

と鉄五郎親方が得心し、

「わっしら、仕事が迫ってございます。なんぞその他にやることがあればいつなりとも命じてくだされ」

「いや、これ以上はありますまい」

「承知しました」

鉄五郎と幸吉は待たせていた小吉の猪牙舟に乗り、小梅村から大川の流れに乗って一気に竪川に入ったところで舟を下りた。

いかにも今津屋から両国橋を徒歩で渡り、六間堀の河岸道をせっせと宮戸川へ

と戻ったという体の師弟の額には汗が光っていた。おかみさんのおさよが、

「おまえさん、時がかかったね」

「おお、坂崎さん一家が無事に戻ってきたってんで、今津屋さんではやはり江戸帰還祝いの宴を催そうと考えていなさるそうだ。あれこれと話しているうちに気付いたらいまになった。仕事の仕度は大丈夫か」

と鉄五郎が案じた。

「親方、案じることはございませんぜ。松吉《まつきち》さんたちと下拵えはしておきましたよ」

と八十助が応じた。

「助かった、どうもな、坂崎磐音様の一家の話になるとつい話に花が咲いてな」

と言い訳した鉄五郎に、

「今津屋は尚武館の道場を小梅村に造って、坂崎さん方の帰りを待っていたんだってね」

と八十助が言った。

「よう、知っているな、尚武館道場といっても百姓家を道場に改装しただけでな、門弟も十五人といないらしいや。神保小路時代の尚武館とは比べようもない。そ

れでも坂崎様は、小梅村に稽古場を造ってくれた今津屋に大いに感謝されていたな。とはいえ、あの住み込みの門弟衆と食っていくだけでも大変だろう。当分は今津屋の手助けなしにはなにもできないな」

と親方がだれとはなしに告げた。

「親方、坂崎一家ってなんで江戸に戻ってきたんだ」

「そりゃ、神保小路に尚武館を再興するためだろうが。だが、今の門弟衆の数では神保小路どころか小梅村の百姓家道場を続けていくことも難しいな」

と八十助の言葉に念押しの説明をした鉄五郎が、

「よし、坂崎様のところより、いまはうちの商売だ」

「親方、店が終わった時分、ちょいと外に出てきていいかね。昔の朋輩が会いたいと言ってきたのだ」

と八十助が言った。

「ああ、構わねえよ。おれたちの代わりに下拵えをやってくれたんだからな」

と鉄五郎が快く許しを与え、

「四つ（午後十時）過ぎには戻ってくるからな」

と八十助が約定した。

深川名物鰻処宮戸川の夕暮れの商いが始まった。いつものように忙しい時が過ぎていった。

なんとか最後の客が店を出た五つ（午後八時）過ぎの刻限、

「八十助、朋輩と会ってきねえ」

と鉄五郎が早めに八十助に許しを与えた。

「親方、四つ（午後十時）までには必ず戻ってくるからよ」

と仕事着のまま、八十助が宮戸川を飛び出していった。

そのあとを弥助と霧子が尾行していた。鰻職人を尾《つ》けるのだ。二人にとっては難しい務めではなかった。

八十助が向かったのは回向院《えこういん》裏の本所松坂町の武家屋敷だ。

「田沼意次か倅の意知の息がかかった旗本家かね」

「師匠がのぞくほどのこともありますまい。私が忍び込んでみます」

「そうかえ、ならばおれはこの屋敷の主が何者か調べておこう」

と師弟は二手に分かれて探索に入った。

霧子がせいぜい二百数十石の旗本と見た屋敷に忍び込むと、八十助が式台前でこの屋敷の主と思しき人物と話していた。

「五郎丸《ごろうまる》様、小梅村の今津屋の御寮に道場があるそうですね。ですが、門弟は十五、六人、住み込みを省くと通いの門弟は五、六人だそうですぜ。門弟を食わせるどころか坂崎一家の食い扶持《ぶち》にも困っておるようです。今津屋の助けがなければなんともなりませんや。田沼意知様の津田用人様に坂崎一派を恐れることはありませんぜ、と伝えてくれませんか」

「であろうな。老中田沼様に睨まれた剣術家には、まず兵糧攻《ひょうろうぜ》めが効《き》こう。今津屋のほうは井上《いのうえ》用人が一喝すればことが済むわ」

ふたりしてえらく安直な話をしていた。田沼意次の側室にして田沼派の参謀役のおすなが高野山の姥捨の郷の女衆の手で始末され、田沼意次の参謀役は、嫡子の奏者番田沼意知に代わって弱体化していると霧子は思った。

「まず差し当たって騒ぎが起こるとは思いませんや」

「八十助、なんぞ神田橋に報告する知らせを聞き込んでこい」

「とは申せ、うちは鰻屋ですぜ。いくら坂崎なにがしと親しいからといって、鰻屋で神田橋を喜ばす話を聞き込めるとも思えないがな」

と二人の問答を敷地の植込みの陰で聞いていた霧子が、

「ただ今坂崎様のもとにおられる門弟衆が一騎当千の兵といういうこと知らないわ

ね」

と独りごちた。

数日後の夕暮れ、坂崎磐音ひとりが過日の言葉どおりふらりと宮戸川に姿を見せた。

最初に迎えたのは幸吉だった。

「師匠、過日は楽しかった」

と久しぶりに小梅村で会った折りのことを引き合いに出して磐音が挨拶をなした。むろん磐音が幸吉を「師匠」と呼んだのは磐音が初めてこの深川六間堀界隈に住み始めたとき、深川暮らしの諸々を幸吉が教えてくれたことが由来だ。

「若先生、本日はおこんさんと空也さんをお連れにならなかったんでございますか」

幸吉が職人らしいきびきびした口調で問い返した。

「ちと内々の話でな、さるお方を宮戸川にお招きしてある。どこぞひと部屋空いてはおらぬか」

「なに、お客人とうちで会うって。親方に相談しよう」

と磐音を案内するように幸吉が先に立つと、

「さ、坂崎様、お久しぶりでございます」

と早苗が一瞬顔を凍り付かせて、涙をこらえて旧主を迎えた。

早苗は磐音とおこんが江戸を密かに立つ以前、神保小路の尚武館道場の母屋に奉公していたのだ。

「早苗さん、元気そうでなによりじゃ。本日はいささかわけがあっておこんと空也を連れてこられなかった。近々必ず身内を伴い、宮戸川を訪れる機会を設けるゆえ許されよ」

と磐音が願った。

この言葉を聞いた八十助が、

(ほう、この武家が今津屋小町の亭主か)

とちらりと磐音を見た。

老中の田沼意次・意知親子と激しい暗闘を繰り返す相手とも思えぬほど、穏やかな表情で早苗と話していた。

「坂崎様、さるお方がお見えだそうで、どなた様にございますか」

「親方、ちと耳をお貸しくだされ」

と磐音は鉄五郎の耳元に顔を近づけると、小声で伝えた。

「な、なんですって。あのお方様は甲府におられるのではございませぬか」

「親方、ゆえに内密にしたいのじゃ」

「おお、そうでございましたか」

鉄五郎が過日の話かと得心した。それにしても甲府にいるはずの人物が公儀に、いや、田沼派にも知られず江戸に戻ってくるとは「一大事」ではないか。

「ともかくわれらの内談の場には他の客人はひとりとして近づけたくはないのだ」

しばし沈思した鉄五郎が承知した。

六つ半（午後七時）の頃合い、屋根船に乗り、無紋の夏羽織、頭巾《ずきん》で顔を隠した武家が悠然と姿を見せた。そして、出迎えた幸吉が無言で客を二階座敷に通した。

「おい、幸吉さんよ、どなた様だよ」

と八十助が知らぬ振りして尋ねた。

「直参旗本、先の御側御用取次だったかな、お城でえらい重職を務めていたお方なんだよ、ただいまは甲府勤番支配なんだよ。ああ、待ってくれ、八十助さんよ、いいかえ、この話はだれにも内緒だぜ」

と幸吉がいささか慌てた風に八十助に願い、

「おう、案じるねえ」

と応じた新入りの職人が、

（こりゃ、いち大事かもしれないぞ）

とにやりと内心で笑った。

二階座敷の坂崎磐音と正体の知れない武家の密談は一刻（二時間）余続き、五つ半（午後九時）時分に終わった。そして、軽く酒を酌み交わした頭巾の客が待たせていた屋根船に乗って宮戸川を離れた。それを見送った磐音も小梅村に戻っていった。

その深夜、八十助が密かに宮戸川を抜け出て本所松坂町に走り、二百俵高の御《ご》同朋頭《どうぼうがしら》五郎丸常隆《つねたか》邸を訪ねようとしていた。むろん霧子が尾行していた。そして、先に八十助が五郎丸邸を訪ねたあと、五郎丸が何者かを弥助が調べていた。当人は役高の高い新御番頭格奥勤に昇進することを狙《ねら》って田沼意知の津田用人に近づき、田沼意知の命のもと密かに動いているのだ。

さすがに深夜のことだ。

八十助が五郎丸に会えるとは思えなかったが、裏口の門番と話が通じているのか、敷地のなかに即刻入れられた。そして、四半刻(三十分)後、八十助を宮戸川に帰した五郎丸がなんと深夜にも拘《かかわ》らず神田橋の田沼邸に急ぎ出向いたのだ。そして明け方に五郎丸が裏門から姿を見せて本所松坂町の屋敷に戻っていった。


この日の夕刻、表猿楽町の速水左近邸に奏者番田沼意知の用人、津田信政が物々しくも御番衆としてはいささか怪しげな面々十数人を供に乗り込んできた。おすなが紀伊《きい》の姥捨の郷に身罷って以来、新たに田沼家に雇われた家臣らと思えた。長年の城務めの言動ではなく、荒々しい顔立ちばかりだ。それだけに剣術の腕には自信があるのであろう。

速水家では慌てた様子で、奏者番田沼意知の用人らを迎えた。

「田沼意知様の御用人様、何事でございましょうや」

速水家の用人が訪問の仔細を伺った。

「ちと曰くがありて屋敷内を調べる。さよう心得よ。甲府勤番支配の上司は老中である、ゆえに老中田沼意次様の許しは得てある」

と言い放った津田信政に、

「お待ちくだされ。当家にはただ今客人をお迎えしておりましてな、かような突然の来訪をお受けするわけには参りません」

と速水家の用人が断った。

「ならぬ。老中田沼様のお許しのことじゃ」

そこへ速水家の奥方和子《わこ》が姿を見せ、

「何事です」

と厳然たる態度で津田に率いられた「家臣団」を見据えながら用人に糺した。

「奥方様、奏者番田沼意知様のご家来衆がわが屋敷を調べると申されておられます」

和子がじっくり津田を睨み据え、

「わが速水家は神君家康様に従い、江戸入りした譜代《ふだい》の家系でございます。なんじょうあってさような不遜《ふそん》な申し出をなされますな。またわが夫はただ今甲府勤番支配として、かの地に赴任なされておられます。主不在の折り、たとえ奏者番田沼様であろうと、さような無法は許されませぬ」

と落ち着いた態度で応じた。

田沼意知の用人、津田信政が和子の堂々たる応対に怯《ひる》んでいたが、

「速水左近どのが甲府勤番支配であることはそれがししかと承知でござる」

と無理に胸を張って答えると、

「その甲府勤番支配の速水左近どのが江戸に戻っておられるとの情報が寄せられましてな、老中田沼意次様は、『さような無法が許されるはずもない。されど確かなる筋からの話である。調べよ』との厳命にございます」

奥方様、それでもお断わりになりますかな。その折りは然るべき目付らを同道のうえ、屋敷を調べることになりますぞ。譜代の速水家といえども安泰とはいえますまい」

和子はしばし沈思する体で、

「老中田沼意次様の命《めい》とあらば、致し方ありません」

「ならば」

と応じた津田が同道の者たちに、

「それ、屋敷の隅々まで調べよ」

と命じた。

「おお」

と受けた十数人が土足で式台に上がろうとするのを、

「待ちゃ」

と険しい口調で制した和子が、

「そのほうら、他家を訪う折りの礼儀も知らずや、履物を脱ぎなされ」

とさらに厳しい言葉を放った。

成り上がりの田沼家とは速水家は家格が違った。その奥方の言葉に、

「うむ」

と洩らし、聞かざるを得なかった。

履物を脱いで屋敷に上がった津田と十数人が奥の座敷へと雪崩《なだ》れこんだ。

「何事です、母上」

嫡男の杢之助が弟の右近とともに、客ふたりと応対していた。

津田が座敷を見て、立ち竦《すく》んだ。その場に当代の速水左近はいなかった。

「どなたかな」

と坂崎磐音が穏やかな声音で質した。

「そのほうは坂崎磐音、じゃな」

「いかにも坂崎磐音にござる。されどそなたに呼び捨てにされる謂れはござらぬ。こちらのお方は御典医桂川甫周《ほしゆう》国瑞先生である。そのほうら、いかような用事で先の御側御用取次にして、ただ今の甲府勤番支配速水左近様の屋敷に乱入されたな、曰く次第では速水様の弟弟子坂崎磐音、ただでは帰しませぬぞ」

「ううー」

と唸る用人に、

「そのほうの姓名は」

「つ、津田信政にござる」

「津田どの、いかなる仔細で当家に押し入ったな」

磐音の再度の詰問に、

「われらがもとへ、当家の速水左近どのが江戸に戻っておられるとの話が舞い込んでな」

「ほう、速水左近様が勤番の地甲府を離れて江戸にな。弟弟子のそれがしは知らぬ。杢之助どの、右近どの、そなたらの父上が江戸に戻っておられると、こちらの津田某《なにがし》が申されるが承知か」

「父が公儀に無断で江戸に戻るなどありえましょうや。もしそれが真実なれば、甲府に問い合わせせば済むことにございましょう」

と杢之助が言い切った。

「いかにもいかにも」

と応じた磐音が、

「奏者番田沼意知様用人津田某どの、いかなる場所にて速水左近様が見かけられたや、お聞かせ願おうか」

「深川の鰻屋宮戸川じゃ」

「ほう、宮戸川はそれがしも懇意の鰻屋である。速水様がお出でになったなら、必ずそれがしに連絡《つなぎ》が入ろう。どういうことかな」

「そ、それがそなたと会うたのではないか」

「なんと申されたな。つい最近、それがし、身罷られた西の丸徳川家基様御近習衆《ごきんじゆしゆう》の依田《よだ》鐘四郎《かねしろう》どのと宮戸川でお会いしましたが、決して速水左近様ではございませぬ。速水家の嫡男杢之助どのが申されたように速水左近様が甲府を離れたとなれば、当然甲府勤番のそなたらの仲間からつなぎが入ろう。そのことを質されるのが譜代の旗本速水家に押し入られるよりまずなすべきこと、そのこと、なされたか」

と磐音の険しい声が響き渡った。

直心影流尚武館道場の道場主の詰問だ。

津田信政は顔を引き攣《つ》らせ、真っ青になって、

「つなぎは取っておりませぬ」

と小声で洩らした。

四

「ならば速水家の方々にお詫びして早々に神田橋に立ち戻りなされ。本日のことは忘れて遣わす」

と磐音が幾分声音をやわらげて言ったとき、津田信政の側近と思しき家臣が、

「津田様、こやつの言うことを信じてよいのであろうか。やはり屋敷内を探索すべきではござらぬか」

と雇い主に忠言した。

「ほう、それがしの申すことが信用ならぬと言われるか。ならば屋敷内を調べたあと、そのほうらの始末、直心影流尚武館道場の坂崎磐音がいたす。それでよろ

しいな」

「おのれ、言わせておけば増長しおって。田沼意次様の意向で潰された尚武館道場など何事かあらん」

と言い放った。

「ほう、そこまで言われるか。ならばそれがし、坂崎磐音を倒したうえで屋敷の探索を続けられよ」

「よかろう」

とその者が言った。

「そのほうの姓名、流儀を聞いておこうか」

「柳生新陰流《やぎゅうしんかげ》免許皆伝一ノ瀬《いちのせ》藤五郎《とうごろう》」

「なかなかの武歴かな。そのほうの仲間も同じ柳生新陰流か」

「いや、しかしだれもがそれなりの技量の者ばかり」

「そのほう、これまで尚武館と田沼様一派が死闘を繰り広げてきた経緯《いきさつ》を知るまいな。並みの腕では尚武館の門弟にも太刀打《たちう》ちできまいぞ」

「なにっ、それがしに尚武館の門弟如《ごと》きと勝負せよというか」

しばし間を置いて一ノ瀬を穏やかな眼差しで見ていた磐音が、

「そなた、ただ今の奏者番田沼意知様が新たに雇い入れる刺客候補のひとりとみた。ならば最後にそれがしと決着をつけようか。そのほうの他の十数名、それがしの門弟と立ち会ってみぬか」

と言うと、

「李之助どの、右近どの、こやつらと立ち合《お》うてみよ」

と速水家の嫡子と次男に話しかけた。

「若先生、われらがこの者たちと戦うことをお許しいただけますか」

「徳川家譜代の臣の家に礼儀も心得ず立ち入った非礼許すまじ。存分に立ち合いなされ。なんぞあれば坂崎磐音が骨を拾って遣わす。されどこやつらの腕前は知れたもの」

と普段の磐音らしくもなく相手の怒りを誘うように言い放った。

「畏まりました」

と李之助が立ち上がった。

「李之助どの、座敷では存分な立ち合いができますまい。右近どのと庭にて、こやつらと立ち合いなされ」

と磐音が命じ、二人の兄弟が縁側から庭へと下り立った。するとどこにいたか

霧子と幸吉が現れ、李之助に木刀を右近には槍折れを渡した。それを見た一ノ瀬某が、

「おのれ」

と唸りながら、

「われら、嵌められたやもしれんぞ。よいか、手加減するでない。そのほうらの仕官がこの勝負にかかっておると思え。未だ大人になっておらぬ嫡子と次男を叩きのめせ」

と配下の者に命じた。

十人余が庭に飛び降りた。

「おまえさん方よ、腰のなまくら刀で立ち合う心算か。坂崎若先生直伝の直心影流も小田平助様指導の槍折れもなまくら刀では太刀打ちできねえと思うがね。どうだい、ここに木刀や槍折れが用意してあるが、こちらに替えねえか。おまえらのなまくら刀がひん曲がったり、へし折れたりせぬように、好きな得物を選んでとりな」

と幸吉が昔の六間堀の言葉遣いで言い放った。

「おのれ、われらの真剣をなまくら刀などと蔑《さげす》みおるか」

と配下のひとりが大刀の鯉口《こいぐち》を切って抜き放った。それに誘われたように仲間が刀を抜いた。だが、なかには携えた剣を、

（どうしたものか）

と迷っている者もいた。永の浪々の暮らしに大した大小を携えていないと思えた。

「紬《つむぎ》吉助《きちすけ》、倉持《くらもち》晋三《しんぞう》、そのほうらが先鋒じゃ」

と頭分に命じられた。

「えっ、われらが先鋒でござるか」

「相手はまだ半人前の餓鬼《がき》じゃぞ」

と頭分が顎でいけ、と命じた。

致し方なく紬と倉持が刀を構えた。その動きを見た右近が、

「いざ、参る」

と槍折れをぶんぶんと振り回し始めた。

小田平助仕込みの槍折れは戦国時代の下士や小者《こもの》の実戦技だ。それに平助がああれこれと工夫をこらした技は、素早くも鋭い動きと音でまず相手を威嚇《いかく》した。

「な、なんじゃ、これは」

と槍折れなる武術を初めて見た倉持の腰が引けた。

「何事かあらん」

と紬が刀を振りかざして杢之助の木刀へ斬りかかっていった。正眼《せいがん》に構えていた杢之助が同時に踏み込み、斬りかかってきた刀の峰を木刀で強《したた》かに叩くと、
ぽきん
と音を立てて二つに折れた。

傍らの倉持は槍折れの回転を避けて後ろに下がった。右近がぐいっと踏み込んで、振り回していた槍折れで腰を叩くと、倉持は手にしていた刀を飛ばして地面に転がった。

「兄者、若先生の申されるとおり手応《てごた》えがないぞ。どうだ、残りの者とわれら兄弟で勝負せぬか」

「よかろう」

と受けた杢之助が残りの仲間を見据えて、

「参る。遠慮なく仕掛けてこられよ」

「おのれ」

味方の二人が一瞬のうちに倒されて立ち竦んでいた仲間たちが慌てて迎撃の態

勢をとった。

その瞬間、兄弟が一瞬早く動いた。

踏み込んだ杢之助の木刀と右近の槍折れが三人目と四人目をいきなり倒した。

「いいな、杢之助さん、右近さんよ。このお屋敷がどなたの住まいかも知らずに踏み込んできた間抜けどもだ、好きなように叩きのめしねえ」

と幸吉がけしかけた。

その手には鰻にうつ竹串があって、

「ほれ、ご兄弟に加勢の要もねえが助っ人だ」

と竹串を頬や喉に飛ばして相手の動きを止めた。

霧子の礫《つぶて》を真似た幸吉は、壁に竹串を擲《なげう》つ稽古を密かにやってきた。初めての実戦だ。それが意外にうまく飛んで敵方の動きが止まった。そんな幸吉の行いを霧子が苦笑いの顔で見ていた。

そこへ速水兄弟の木刀と槍折れが襲いかかった。あっさりと十余人ほどが速水家の庭に倒れ込んでいた。

「一ノ瀬どの、そのほうの手下は若侍ふたりにこの様か」

と津田信政用人が吐き捨て、一ノ瀬が、

「そのほうら、日ごろの大言壮語《たいげんそうご》はどうした。奏者番田沼様に召し抱えられるなど望むべくもないと心得よ、とっとと立ち去れ」

と叫んだ。

「一ノ瀬とやら、奏者番田沼意知様に仕官する気でかような真似をなしたか、愚か者が」

本日の坂崎磐音の舌鋒《ぜっぽう》は鋭かった。

意味不明の罵《のの》り声で応じた一ノ瀬が、

「津田どの、いったん引き上げましょうぞ」

と津田に誘いかけた。

「待たれよ」

と磐音が一ノ瀬を引き留め、

「おぬしら、かように速水家を騒がせたまま神田橋田沼家に引き上げる心算か。礼儀を心得た者ならば、まず膝《ひざ》をついて詫びを申し述べ、土下座して低頭するがよかろう」

「な、なに、われらに土下座低頭せよと申すか」

一ノ瀬が顔を引き攣らせて磐音に叫び返した。

「武士がさような真似などできるものか」

「ならばどうなさる所存か。それがし、このまま戻られるのを座視できぬでな」

磐音の言葉に一ノ瀬が、

「坂崎、そこもとと勝負せよというか」

「勝負ではござらぬ。そなたの所業に対し、然るべき処断をなす」

「なにっ、おのれ、抜かしおったな」

と夏羽織を脱ぎ捨てて庭に飛び降り、

「そのほうら、どけどけどけ。早々に立ち去れ」

と最前まで手下だった者たちを罵倒し、追い立てた。

李之助と右近に殴られた面々が庭の隅へと這《は》って身を移した。それを見た磐音が愛刀の備前包平《びぜんかねひら》を手に、ゆっくりと沓脱石に残っていた履物を履いた。

「坂崎さん、その者に死に傷など負わせんでくだされ。速水さんのお屋敷であれ、わが診療所であれ、この刻限に治療などしたくはございませんでな」

御典医の桂川甫周が長閑《のどか》にも声をかけた。

「おお、桂川先生の手を借りるほどの御仁ではありますまい」

と応じた磐音が手にしていた包平を回廊の床に置こうとして、その傍らに所在なげに立つ津田信政を見た。

「そのほう、田沼家の奉公は長いか」

と問うた。

「以前は老中田沼様の側室おすな様にお仕えしておったわ。田沼家には二十年余の奉公となるか」

「そろそろ奉公を辞めてもよきとき」

「なにを抜かすか、このままでは事は済まぬ」

と津田が応じた。

その瞬間、磐音の手にした包平が左手に持ち変えられ、右手が柄《つか》にかかると気配もなく二尺七寸（八十二センチ）の包平が光となって津田の髷を刎《は》ね斬った。

「ああー」

と津田が悲鳴を上げた。

「桂川先生、髷をもとへ戻す治療はござろうか」

と磐音が桂川医師に問うた。

「どのような名医でも髷を直す治療はできぬな。一、二年ほど頭髪が伸びるのを待つしかございませぬよ」

とお互い胸のうちを承知の桂川が応じた。

「それは困った」

と磐音が包平を鞘《さや》に納め、

「杢之助どの、木刀を貸してくれぬか」

と包平と木刀を交換した。

「さあて、残るはそなた一人《いちにん》」

と一ノ瀬藤五郎に向き直った。

「柳生新陰流でござったな」

と磐音が手にした木刀をゆったりとした動きで正眼に構えた。

「おのれ、許せぬ」

「それがしも譜代の臣、速水家を騒がした、そのほうらの罪科《つみとが》許しはせぬ」

と磐音も応じた。

一ノ瀬藤五郎は背丈五尺七寸余か、がっしりとした体付きで四肢《しし》がどっしりと安定し、柳生新陰流の免許皆伝もむべなるかなの構えで、厚みのある刀を八双《はっそう》に置いた。

長い間合いになった。

座敷からの行灯《あんどん》と庭の灯籠《とうろう》の灯《あか》りが二人の対決をおぼろに見せていた。

焦《じ》れたのは一ノ瀬だった。

気配もなく踏み込みながら、不動の姿勢の磐音の肩口に剣を落とした。重厚な八双からの斬り下げを木刀が軽く弾いて、その傍らを一ノ瀬が駆け抜けていった。

磐音はくるりと身を回し、元の正眼へと戻した。

相手の一ノ瀬は、磐音と同じく正眼へ変えた。

剣術家ふたりの対決を座敷から見ていた桂川甫周は、友の剣風が変わったと思った。田沼親子に江戸を追われて流浪した三年半余の旅が坂崎磐音の剣を変えたのだと考えた。

(どう変化したか)

蘭方医《らんぽうい》桂川甫周には理解がつかなかった。だが、

「春先の縁側で日向《ひなた》ぼっこをしながら居眠りをしている年寄り猫」

と評される坂崎磐音独特の居眠り剣法に、さらに静かなる凄みが加わったと思った。

半間の間合いが続いた。

磐音の正眼の木刀が穏やかにも下段へと長い時をかけて移動していき、止まっ

た。
その瞬間、一ノ瀬の正眼の剣の切っ先が磐音の喉元へ鋭くも突き刺さっていこうとした。
その動きを見ていた速水杢之助と右近の兄弟は思わず、
あっ
と恐怖の、驚きの声を上げた。
そのせいで磐音の木刀の動きを見逃した。
下段の木刀が、
そより
と一ノ瀬の右腰から胸へと春風のように戦《そよ》ぎ、突きの剣の物打ちを叩いて避けると同時に、ふたたび気配もなく反転した木刀が右肘《みぎひじ》をがつんと叩き砕いていた。
「うっ」
と激痛を堪《こら》えた一ノ瀬の体がよろめき、それでもなんとか立っていたが、ついに両膝をその場についた。
速水家の庭を沈黙が支配した。
(やはり坂崎磐音の剣は進化した)

と桂川甫周は確信した。

対決する相手に怖さを感じさせる暇もなく、空恐ろしい技が襲いかかってくるのだ。

「一ノ瀬藤五郎どの、そなた、もはや剣術家としては生きていけぬ。新たな道を歩みなされ」

と話しかける磐音の声音は極めて平静だった。

茫然自失して縁側に立つ津田信政用人に視線を向けた磐音が、

「当家の主、速水左近様は幕府の命に逆らい、任地甲府を離れられるようなお方ではない。それがしの言葉を疑うならば甲府に人を差し向けよ。速水様が一刻たりとも公務を離れた証を見つけることはできまい。相分かったな」

と言い渡す言葉にがくがくと津田が首肯した。


翌日のことだ。

八十助は朝餉のあと、鉄五郎親方に呼ばれた。

「親方、なんぞ御用でございますか」

「八十助、おまえがうちで働き始めて一年余か」

「へえ、それがなにか」

「最前食した朝餉がうちで食する最後の飯《めし》だ。黙って出ていきねえ」

「ど、どういうことですね、お、親方」

と八十助が狼狽した。

「おめえが鎌倉河岸裏の江戸前・御蒲焼やまぐちを辞めてうちへ来た折り、あちらの親方尚太郎さんからの口利状をおれに差し出したな」

「へえ、それがどうかしましたかえ」

「尚太郎さんはさような口利状など出してねえとよ。それどころか、おまえが辞めたのはあちら様に後ろ脚で砂をかける真似をしてのことだってな」

「お、親方」

「本所松坂町のなんとか様かよ、神田橋老中の居候《いそうろう》、奏者番田沼意知様の津田信政用人にでも縋《すが》るこったな。ともかく、うちじゃ、てめえがなんのために奉公に入ったか、すべて承知なんだよ。黙って出ていきな」

八十助は茫然としながらも言い抜ける道はないかと探るような目付きをした。

「うちと坂崎磐音様は、身内同然の間柄だ。てめえなんぞにあれこれと策を弄《ろう》される謂れはねえんだよ。鰻職人はな、生き物の鰻を始末することでおまんまを頂戴する商いだ。鰻様に恩義はあってもよ、老中田沼意次様や、その倅に恩義なんぞはこれっぽっちもねえんだよ。おれが手を上げないうちにさっさと出ていきねえ」

鉄五郎の厳しい言葉を聞いた八十助はようやく諦《あきら》めがついたか、よろよろと立ち上がった。

「最後に言っておこうか。おめえが今さら田沼親子を頼っても、叩き出されるのがオチだぜ。津田用人はもはや神田橋の田沼家にはいねえよ」

ただ立ち竦む八十助に言い放った。

天明二年初冬のことだ。

甲府勤番支配の任を解かれた速水左近が表猿楽町の屋敷に三年半ぶりに戻ってきて、田沼意知と同じ奏者番に就いた。以前に江戸城勤務の折りは、老中より力のある御側御用取次として城中に知られていたから、速水にしてはいささか軽い職務であった。

だが、この年の初秋に坂崎磐音一家が小梅村に戻り、今また速水左近が江戸城に帰ったことで、反田沼派の譜代派は内心、

「今にみておれ。田沼意次・意知親子め、覚悟しておれよ。尚武館道場の反撃が始まるぞ」

と期待した。

だが、天明二年の後半はふたりの周辺に格別大きな動きはなかった。

それよりも天明の飢饉《ききん》の原因のひとつ、凶作に毎年のように見舞われ、百姓一揆が繰り返された。

早苗が小梅村の尚武館の奉公へと戻り、八十助のいなくなった宮戸川で幸吉ら元からの奉公人がせっせと鰻職人の道を極めていた。

五

天明三年（一七八三）正月、小梅村の坂崎家に初めて女の子が生まれ、睦月《むつき》と名付けられた。なんとも穏やかにして幸せな坂崎家に驚くべき訪問者があった。

豊後《ぶんご》関前《せきまえ》藩の国家老坂崎正睦《まさよし》と照埜《てるの》夫婦が新造帆船明和《めいわ》三丸《さんまる》に密かに乗船して江戸に出てきたのだ。

むろん孫の空也と睦月の顔を見にきたのではない。藩船のなかでも主船頭ほか限られた者しか国家老夫婦の乗船を承知していたものはいない。そんな風にして江戸に国家老夫婦、磐音の実父実母が姿を見せたのは、のちに、

「天明の関前騒動」

と呼ばれる騒ぎ、明和の藩騒動以来、再び関前藩に見舞った内紛をなんとしても公儀に知られることなく鎮めようとしての国家老坂崎正睦の勇断だった。

旧藩を離れた磐音も否応《いやおう》なくこの悲劇、「天明の関前騒動」に巻き込まれ、老中田沼意次・意知親子との暗闘と相まって、

「つらい天明三年」

となる。

そんな時節、縫箔女職人のおそめには京への修業が企てられ、親方の江三郎からも許しを得ていた。

当初、おそめの京行には京での修業経験がある江三郎の後継者季一郎が同行する予定だった。だが、陸奥の国では凶作のために食い物が足りず死人の肉まで食する天明の大飢饉の時期に江戸出立《しゅったつ》は容易く公儀の許しがでなかった。そこで京行をしばし延期し、同行者も倅の季一郎から師匠にして父親の江三郎に代わり、おそめに従うことになった。

「芸どころ京を訪ねるのはわしの最後の機会」

ということで季一郎に呉服町の縫箔屋を任せ、江三郎自ら案内方を務めることになったのだ。

夏から秋へと移ろう時節、幸吉は親方鉄五郎の心遣いをもって呉服町の縫箔屋を訪ねた。

七つ（午後四時）過ぎのことだった。

いつものようにひたすらに仕事をしているおそめをちらりと見た幸吉は、

（無心に働くおそめは美しい）

と思った。だが、そのような感情は面に見せず、

「江三郎親方はおられましょうか」

と職人衆のだれとはなしに声をかけた。その声に気付いたおそめが顔を上げて幸吉を見た。会釈《えしゃく》した幸吉は、両手に大きな風呂敷包みを下げていた。

「おや、どうしなすった、幸吉さん」

と倅の季一郎が声をかけた。

「江三郎親方さんとおそめさんが京に行く日が迫ったゆえ、うちの鰻を食して京に旅立ってもらえと、親方が焼いた鰻を持参いたしましたので」

幸吉が縫箔屋訪いの曰くを告げた。

「なに、鉄五郎親方にさような気遣いをさせてしもうたか」

最近では四代目の貫禄《かんろく》が備わってきた季一郎が感謝の表情で言った。

「なにかございましたので」

「いやね、そめの道中手形がなかなか下りなくてね、大飢饉のせいでしょうかね、七月の出立を延期せざるをえないのですよ、幸吉さん」

「そうでしたか」

と言いながら幸吉が両手の風呂敷包みをどこへ置いていいか、迷った。それを見たおそめが、

「幸吉さん、奥へ通ってくださいな」

と願った。

「へえ、皆さんの縫箔に鰻の匂いがついてもいけませんや。できれば台所に通させてくださいな」

幸吉がだれとはなしに応じて店の傍らから奥へと続く三和土《たたき》廊下を通って台所へ伺った。すると親方の江三郎とおそめが待っていた。

「鉄五郎さんにえらい気遣いをさせたね。店で季一郎から聞いたそうだね、京出

立は少し延びそうなんだよ」

「道中手形が下りないそうで」

「そめは縫箔職人と身分がはっきりしているんだ。まさか入鉄砲に出女に引っかかるとは考えもしなかった。陸奥の飢饉とは関わりがないと思うんだがね」

と江三郎が言った。

「困りましたね」

と言いながら幸吉は手際よく鰻の蒲焼や白焼きを出して板の間に置いていった。

「おお、いい匂いだこと。夕餉《ゆうげ》はご馳走ですよ」

おかみさんのてるが台所に姿を見せて、くんくんと匂いを嗅いだ。

「親方、おそめさんの道中手形の目処は立っておりませんので」

幸吉は念押しして聞いた。

「なにしろこのご時世だ。まあ、七月の京行は無理だね」

と江三郎が言った。

「そうでしたか、私どもが早とちりしましたね」

と幸吉が言いながら風呂敷包みをてきぱきと畳み、

「親方とおそめさんに会う機会が増えたと思えば、わっしは嬉しゅうございますがね」

　と辞去の様子を見せた。

「幸吉さん、お茶くらい飲んでいきなさいな」

　とおかみさんが言った。

「いえ、皆さん、仕事の最中、京行が本決まりになったらまた伺います。わっしはこれで」

　と幸吉が頭を下げたので、

「おそめ、親方と幸吉さんに気遣いさせたんだ。日本橋辺りまで送っていきねえ」

　と江三郎がおそめに命じた。

「はい、そうさせていただきます」

　素直に受けたそめが前掛けを外した。

　通町に出たとき、幸吉が、

「残念だったな、おそめちゃん」

　と京行が延びたことに触れた。

「少しくらい時期が延びたって、京の修業が止めになるわけじゃないの、叶《かな》うのよ。辛抱できるわ」

と応じたおそめの顔にどことなく不安とも諦めともつかない感情が漂っていた。

「女の旅は難しいのかもしれない。だめならば致し方ない。親方のもとで修業を続けるわ」

「おそめちゃん、京の修業が夢だったんだろ。そう容易く諦めないでくれよ」

「そうだけど、他のお弟子さんだって京に修業に出してもらえないのよ。それを年季の浅い女の私が選ばれたんだもの、このことだけで十分よ」

幸吉は男弟子たちの妬みもおそめに振りかかり、こんな気持ちになったのかと推量した。

「親方や若親方にさ、おそめちゃんの縫箔の技のなにかがさ、格別に認められたんだと思うよ。去年か、いや、一昨年か、伊勢屋のお嬢さんの花嫁衣裳を親方と一緒に仕上げたおそめちゃんだもんな、おりゃ、誇らしいぜ」

「幸吉さんはどう」

とおそめが自分の話題から幸吉へと話を振った。

「うん、おりゃ、餓鬼の頃は鰻のことならなんでも承知と己惚《うぬぼ》れていたがさ、宮戸川に奉公して、鰻の調理を、いや、鰻そのものを全く知ってなかったと気付かされたんだ。おりゃ、職人としては鈍だからよ、じっくりと年季をかけて修業するよ」

「幸吉さんはもう昔の幸吉さんじゃない、鰻職人として立派にやっているわ。親方はなんと言っていなさるの」

「地道に頑張れ。そしたら、おれが暖簾分けして店を持たせてやるってさ」

「えっ、そんなこと、他の職人さんにも親方は言っているの」

「それはないと思うな。おれは、物心ついたころから宮戸川に出入りしていたからかな」

「ちがうわ。幸吉さんの力を認めておられるからよ」

「そうかな」

と言った幸吉が日本橋へと歩きながら、

「尋ねていいか」

「私と幸吉さんは幼馴染みよ。なんでも聞いて」

「おそめちゃん、おれが一人前の鰻職人になるにはあと十年かかるぜ」

「だからどうしたの」

しばし間をおいた幸吉が思い切って言った。

「待ってくれるか、おそめちゃん」

不意に足を止めたおそめが幸吉の顔を正視して、

「私だって一人前の縫箔職人になるには十年かかるわ。幸吉さんこそ、待ってくれる」

「おお、おれ、いつまでだっておそめちゃんのことを待ってるぜ」

「いいわ、お互い十年頑張って所帯を持ちましょ」

おそめの口から所帯という言葉を初めて聞いた幸吉が、がくがくと頷き、

「十年か、所帯を持つ相手を待つのは長いな。だが、職人の修業と思えばなんでもねえや」

「そうよ、幸吉さん」

と言い聞かせ、幸吉の風呂敷を持った手におそめがそっと触れた。


日本橋でおそめと右と左に別れた幸吉は最前から迷っていた今津屋を訪ねる決意をした。本来ならば、かような相談は坂崎磐音がうってつけだし、幸吉も相談がし易かった。だが、ただ今の坂崎磐音の身には、旧藩関前藩の内紛がのしかかっているのを幸吉は承知していた。

ゆえに今津屋に知恵を借りようと思ったのだ。

今津屋では空の風呂敷を手にした幸吉が険しい表情で訪れたのを見た老分番頭の由蔵が、

「幸吉さん、店座敷のほうが庭からの風が通りますでな、涼しいですよ」

とそちらに誘った。

「幸吉さん、なんぞございましたかな」

「大番頭さんを煩わしてようございますか」

「私どもは長い付き合いで、身内のような間柄でしたな」

と由蔵が話をするように誘った。そこへおそめの妹のおはつが冷たい麦茶を盆に載せて姿を見せた。

「あら、お客さまって幸吉さんだったの。どこか出前の帰りなの」

と問うた。

「おはつ、幸吉さんは私に相談があってお見えになっているのです」

由蔵の注意に、

「老分様、失礼をいたしました」

と慌てて詫びて引き下がろうとした。

「ちょっと待ってくれませんか、おはつさん。おれ、今な、呉服町を訪ねた帰りなんだ。大番頭さん、おはつさんにも聞いてもらっていいですかい」

幸吉がおはつが同席する許しを乞《こ》うた。

「なに、縫箔屋に訪ねておられたか。京行はそろそろですな」

「差し障りはそれなんですよ」

幸吉は親方やおそめから聞いた話をふたりにした。

「なんとおそめさんの道中手形が未だ下りませんので。陸奥の大飢饉とは関わりはございますまいな。呉服町の縫箔屋の女職人が京へ修業に行く、身許もしっかりとしていれば目的もはっきりしておりますな」

と言いながらしばし思案した由蔵が、

「江三郎親方の店に出入りの町奉行所は南ですか北ですかな」

「さあ、それは」

幸吉も知らないことだった。するとおはつが、

「いつか姉が六間堀町の長屋に戻った折り、南町奉行所の宮崎《みやざき》とかいう同心が時折り出入りすると言うておりました」

「南町ですか。ならば話が早うございますよ。一日二日待ってください。必ずお

そめちゃんの道中手形を出させてみせます」

今津屋の老分番頭が確信の顔で言った。

「よかった」

と幸吉が安堵の声をもらし、おはつが、

「お姉ちゃんは幸せね」

と言って、由蔵が両眼を瞑り腕組みしてなにか思案する様子にぺろりと舌まで出してみせた。

天明三年七月八日朝の四つの刻限、上野《こうずけ》・信濃《しなの》に位置する火山浅間山《あさまやま》が大噴火をして、大音響とともに高さ三万尺以上に火煙を噴き上げ、火口から溶岩が流れ出た。

幕府の正史『徳川実紀』ではこの浅間山の噴火で死者は二万人を越えたと認める、だが、それほどの死者は出なかったものの、降灰の被害は関八州《かんはっしゅう》に及び、江戸の町も一寸余の灰に覆われた。

呉服町の縫箔屋では仕事を止めて、仕事場に火山灰が入り込まないように目張りをした。縫箔をする預かりものの高価な値の衣装が火山灰でダメにならないためだ。

おそめたちは手拭いで口を覆い、被《かぶ》り物をして灰をかき集めては始末する日々が続いた。

一方、川向こうの深川六間堀町の鰻処宮戸川でも店を閉めて、火山灰の処置に追われることになった。

「親方、おそめちゃん、京に行けるかね」

幸吉がおそめの京修業を案じた。

「道中手形は今津屋の老分番頭さんが引き受けてくれたんならばよ、まず大丈夫だろう。だがよ、浅間山の噴火が続くかぎり旅どころじゃあるまい。今年じゅうに江戸を出立できればいいがな」

と鉄五郎が案じた。

呉服町の縫箔師江三郎のところに手拭いで頰かぶりに菅笠《すげがさ》、手甲脚絆《てっこうきゃはん》の旅仕度で今津屋の老分番頭が訪れた。江戸の真ん中を歩く形ではない。

灰をかき集めていたおそめが、

「老分番頭さん」

と驚きの声を上げた。そこへ江三郎も歩み寄ってきた。

「どうなされました、由蔵さん」

「親方、おそめさん、過日ね、こちらの帰りに幸吉さんが立ち寄っておそめさんの道中手形が出ないことを案じておりましたでな、南町奉行所の笹塚孫一様を通してお奉行さんに願っておきました」

「えっ、幸吉さんが私のことを心配してくれたんですか」

「で、南町は老分番頭さん、案ずるな、縫箔師の女職人の京行の手形は必ず出すと請《う》け合ってくれました」

「おお、よかったな。今津屋さんに感謝しねえ、そめ」

　と江三郎が言い、

「ありがとうございました」

「おそめさん、こちらの一件で礼を述べるのは幸吉さんにですよ。ですがな、町奉行所ではこの浅間山の噴火が収まるまでに数月かかるだろう。その間、江戸を出るのはどうであろうか、呉服町もしばらく様子を見て京行の日程を決めたらどうだと、忠言がございました。この大噴火で江戸の商いも暮らしも大きな被害を受けておりましょう。うちにもな、商いができないんで、金子を融通してくれという頼みが数多《あまた》舞い込んでおりましてな」

と由蔵が言った。

しばし沈思した江三郎が、

「おそめ、この噴火が落ち着くまで京行は延期したほうがいいな」

「親方、私も店が案じられます。こちらで落ち着くまで灰の始末をしながら縫箔の仕事ができるようになるのを待ちます」

とおそめが答えた。

小梅村の直心影流尚武館坂崎道場も降灰が風具合によって見舞い、隅田川の土手道の桜に被害を与えた。

それも豊後関前藩の天明の大騒動を嫡子の磐音らの働きで解決して、元の静かな小梅村の光景を取り戻した。そして、国家老坂崎正睦と照埜一行は、帰路徒歩で東海道を上っていった。

仲秋《ちゆうしゆう》の時分だ。

川向こうの千代田城では老中田沼意次の嫡子意知が若年寄に昇進し、権力の絶頂を極めていた。

一方、尚武館坂崎道場では通いの門弟を含めて三十人ほどが磐音や小田平助の厳しい指導により武術の研鑽《けんさん》に努めていた。

そんな日々、小梅村に木下一郎太と地蔵の竹蔵親分が御用船でふらりと姿を見せた。

「おや、若先生に御用ですかえ」

と未だ磐音を若先生と呼ぶ弥助が問うた。

「いや、川向こうも灰の始末が終わりましてな、今津屋さんも呉服町の縫箔の親方もいつもどおりの仕事に戻っておられますよ」

と一郎太が応じて、

「のんびりとした小梅村に清遊というわけですよ」

と竹蔵親分が言い添えた。

「清遊ね」

と弥助が竹蔵の言葉をとって、そんなはずはあるまい、という顔で見た。そこへ磐音が、

「御両者、用なれば母屋でお待ちになりませんか」

と声をかけた。

「いえ、それほどのものではありませんでね。昨夜、三十間堀《さんじつけんほり》の木挽橋下で骸ひ

とつが見つかりましてな」

「ほう、水死ですかえ」

と弥助が問い返した。

「いえ、斬殺です」

磐音は黙って竹蔵と弥助の問答を聞いていた。

「この者が時折り、木挽町の若年寄田沼意知様の屋敷に裏口から出入りするのを見た者がありましてな、一応若年寄の屋敷に問い合わせました。ですが、『町人の出入りなど知らぬな』と用人風の家臣がにべもない返答でございましてな」

と一郎太が口を挟んだ。

天明三年十一月一日、奏者番田沼意知に若年寄の昇進が決まり、老中田沼意次の木挽町の中屋敷に意知が引き移った。

「町人ですかえ」

と弥助が問い返した。

「へえ、深川の鰻処宮戸川の職人として一年余奉公していた八十助という者です」

と一郎太と竹蔵が小梅村まで遠出してきた理由を述べた。

「木下どの、親分、すでに鉄五郎親方に会いましたな」

　と磐音が問い、

「へえ、事情は聞かされました」

　と木下一郎太が答えた。

「若年寄に就いたばかりのどなた様かの用心棒あたりに口を塞がれましたか」

　と弥助が言い、

「そんなところでしょうかね」

　と一郎太が首肯し、この話は終わった。

六

　浅間山の大噴火も落ち着きを見せて、江戸の暮らしも平常に戻り、縫箔の女職人おそめが京に行く日が迫った。

　十一月七日だった。

　東海道を旅するには厳しい冬の時節だった。だが、おそめはようやく訪れた京行の日に言葉が出ないほど感動していた。

江戸を出立する前日、おそめは六間堀町の唐傘長屋に戻り、両親に旅立ちを告げようとした。親方の江三郎に命じられてのことだ。

昼下がり、唐傘長屋の腰高障子《こしだかしょうじ》を開くとおきんが独り板の間に座っていた。しばらく視点の合わない眼差しでおそめを見ていたおきんが、

「おそめか」

と呟いた口から酒のにおいがした。

「お父っつぁんは」

「仕事だよ」

と投げやりな口調でおきんが答えた。

「平次《へいじ》は」

と弟のことを聞いた。

「お父っつぁんと一緒に仕事に出ているよ」

「平次は柿葺き職人になるの」

「さあ、どうだかね」

と応じたおきんに、

「おっ母さん、昼間からお酒は飲まないでくれる」

「飲んでなんかないよ。それに娘が余計なお世話だよ」

と言い放った。

「明日、京に親方と一緒に旅立つわ。戻ってくるのは何年もあとね」

「京になにしに行くんだい」

「幾たびも言ったでしょ。縫箔の修業に行くの」

「ふーん、うちはおはつをのぞいて職人ばかりかえ」

「おっ母さんは私が縫箔職人になるのは反対なの」

「反対もなにも勝手になったんじゃないか」

とおきんが答えたところに幸吉の母親のおしげが顔を見せ、

「おきんさんさ、おそめちゃんはえらいよ。京に修業にいくような女職人になったんだよ、立派じゃないか」

「おしげおばさん、まだ一人前の職人じゃないわ。だから京に修業に行くの」

おしげが姿を見せたことで、ほっとしたおそめが視線を向けた。

「いや、幸吉が常々言っているよ。おそめちゃんは並みの男職人なんて敵わない腕前だって。名人と呼ばれる親方が認める縫箔職人だよ」

「へっ、ならば少しくらいうちに金を入れるがいいじゃないか」

「おきんさん、おそめちゃんやおはつちゃんが銭を入れると酒に化けるんだろうが。娘をそう心配させるんじゃないよ」

おきんが昼間から酒を飲む習わしは長屋じゅうに知られていた。むろんおそめも察していたが幸吉の母親にその言葉を聞かされるのはつらかった。

「幸吉はおそめに惚れているからね」

としか言えない母親を寂しげに見たおそめはそれでも、

「おしげおばさん、おっ母さんをお願いね」

と願った。

「兼吉さんの博奕道楽が止んだと思ったらこんどはおきんさんの酒だもんね。娘は苦労するよ」

というおしげに目礼をしたおそめは、板の間にも上がらず去りかけ、不意に母親に糺した。

「おっ母さん、おはつが生まれた平井浜の夏を覚えている」

「平井浜だって、それがどうした」

と構えるように応じた。

「私が描いた絵を取り上げたわね。あの絵、どうなったの」

「絵だって、そんなもん知らないね」

「ほんとうに覚えてないの。網元のおばば様のところで描いた絵よ」

おきんが生まれたのは平井新田の平井浜だった。貧寒とした漁村を仕切る網元のおばば様がおそめに絵を描くことを教えてくれた。四歳のおそめの絵心におばば様は注目して、惜しげもなく筆や絵の具を与えて十数枚の絵を描かせたのだ。大切なおそめの宝物だった。そんな絵を唐傘長屋に持ち帰ってはならないとおきんは取り上げたのだ。以来、おそめは絵がどこにあるか気にしていたが、母親に糺すことはなかった。

「絵なんて最初からなかったよ」

おきんはもちろんのこと、娘のおそめもおはつも、あの夏以来、平井浜を訪ねたことはなかった。弟の平次にいたっては、母親の生まれた土地が平井浜の界隈だということさえ知らなかった。

親子の問答をおしげが黙って聞いていた。

「おっ母さん、さようなら」

と言い残したおそめは唐傘長屋を出た。すると、ちえっ、と吐き捨てるおきんの声が追いかけてきて、おそめを見送ろうと従っていたおしげが、

「おきんさんの言うこと、なすことをさ、気にするんじゃないよ。おそめちゃんは事情を承知なんだろ。平井浜をおきんさんがおん出てきた曰くをさ」

おそめは黙って頷いた。

「おきんさんはさ、お父っつぁんだかおっ母さんだかの弔いに呼ばれなかったことをさ、未だ根にもって怒っているんだろ」

「だって、平井村に帰れないような所業をしたのはおっ母さんじゃない。おはつが生まれたとき、産婆さんに払うお金がなくて嫌々私を連れて戻ったときだって、浜の人に詫びればこんな目には遭わなかったのよ」

「まあね」

といったおしげが、

「子供たちはだれもしっかり者なのにね」

「平次は柿葺き職人になる気かしら」

「まだ分からないね。でも、柿葺き職人が嫌いじゃないみたいだけどね。なによりおきんさんとふたり、長屋にいるのが嫌なんだよね」

とおしげがおそめの家の内情を告げた。

「幸吉さんも頑張っているものね」

おそめは話題を変えた。うん、と頷いたおしげが、

「おそめちゃん、聞いていいかね」

「どんなこと、幸吉さんのことなの」

「ああ、おまえさんたちさ、所帯を持つんだろうね」

「幸吉さんにだれか女の人がいるの」

「いるもんかね。幸吉は小さい頃からおそめちゃん一辺倒だよ」

「私もお嫁さんになるとしたら幸吉さんしかいないわ」

「よかったよ」

と嬉しそうな笑顔を見せた。

「おばさん、でも、幸吉さんも私も未だ半人前の職人よ。あと、七、八年はかかると思うわ、所帯をもてるような職人になるまでには」

「えっ、そんなに」

とおしげががっかりとした。

「京だって少なくとも二年や三年はあちらにいなきゃあ、修業とは呼べないわ。ともかく私たち、一人前の鰻職人と縫箔職人になるのが先よ」

と言い切ったおそめは裏木戸のところでおしげと別れた。

宮戸川には、唐傘長屋を訪ねる前に別れの挨拶をしてきた。すると親方の鉄五郎が、餞別《せんべつ》だと言って一両包みをおそめに差し出した。

「親方、私、なにも物見遊山《ものみゆさん》に行くんじゃありません。修業です。帰りに土産ひとつ買ってくる身分ではありません」

と遠慮した。

「この界隈の人間がよ、京に縫箔の修業に行くなんて初めてのことだぜ。なにも土産のひとつも買ってこいという話じゃねえや。幸吉の話を聞くと修業の歳月は三、四年だってな、なにが起こるかもしれねえや。その折りの足しにしてくんな」

とおそめの手に押し付けた。

翌朝、旅仕度の江三郎親方とおそめは七つ（午前四時）時分におかみさんや職人衆に見送られて呉服町を出た。季一郎が六郷《ろくごう》の渡し場まで見送りに出てくれるという。

「おそめ、道中手形は携えているな」

と季一郎がおそめに尋ねた。

「はい。この袋に大事に仕舞ってございます」

と胸に下げた道中嚢《どうちゅうのう》から取り出してみせた。江戸呉服町縫箔女職人そめの道中手形は今津屋の老分番頭が南町奉行所に改めて掛け合い、浅間山の噴火が落ち着いた頃にちゃんとしたものが交付された。

「いいか、旅は一定の歩みでな、せいぜい一日七、八里を目処に行くんだ。親父は東海道を往来したことは何回かあるが、この十数年はしてねえや。年寄りの親父の歩みに合わせていけばちょうどいい」

親娘旅のような師弟ふたり旅を季一郎が気遣った。

「季一郎、案ずるな。おそめはな、『東海道巡覧記』なんぞを読んでよ、おれより京上《のぼ》りに詳しいぜ」

と笑った。

三人が六郷の渡し場に着いたのは六つ（午前六時）過ぎの刻限だった。するとそこになんと幸吉とおはつが見送りに来ていた。

「あら、幸吉さん、はつ、お店はいいの」

「幸吉さんは親方に命じられ、私はお佐紀様の代わりよ」

とおはつが答えて、

「これは旦那様とお佐紀様から御餞別よ」

「えっ、私、今津屋さんにたった一年しか奉公をしていないのよ。それを餞別だなんて、どうしましょう。昨日は宮戸川の親方からも頂戴したわ」

おそめがおろおろした。

「そめ、天下の両替商今津屋から餞別だなんて、まずおれたち男の縫箔職人にはないぜ。話のタネだ、頂戴しておけ」

と江三郎が言った。

「おそめちゃん、話のタネがまだあるんだよ。おりゃ、坂崎磐音様とおこんさんからさ、京の中島《なかじま》家当代茶屋《ちゃや》四《し》郎次《ろうじ》郎《ろう》様への口利状を預かってきているのさ。どうやら茶屋本家って京の金持ちらしいぜ」

幸吉が油紙に包まれた書状を差し出した。

「な、なんだって。京の茶屋本家への口利状だって、魂消たな」

季一郎が真顔で驚いた。

「茶屋本家って呉服屋さんかなにかですか」

「おそめ、とんでもない分限者だ。戦国時代は異国にも交易船を出していたほどの大金持ちだ。呆れたな。江戸では今津屋、京では茶屋本家がおそめの後ろ盾《だて》か。

親父、京で困ったことがあったら、おそめの口利状を使わせてもらいねえ」

と季一郎が冗談を言って破顔した。

「おりゃ、えらい弟子を京に伴うな」

というところに、

「船が出るぞ」

と渡し船の助船頭が大声を張り上げた。

「幸吉さん、坂崎様とおこん様に宜しくお伝えください」

と言ったおそめが書状を受け取ると幸吉の手を握り、

「京から文を出せるような暇《いとま》はないと思うわ。幸吉さん、お互い辛抱しましょうね」

と名残り惜しそうに手を離して渡し船へと向かった。

季一郎、幸吉、はつの三人の見送り人は江戸へと黙々と歩いていた。

「若親方、京の修業は厳しいのでしょうね」

はつが季一郎に聞いた。

「京と江戸では気風がまるで違うからな。そのことに慣れるかどうかおそめ次第だな」

と応じた季一郎が、

「幸吉さんはおそめと所帯をもつ気ですね」

と質した。

「若親方、おれとおそめちゃんは物心ついたときから兄妹のように育ってきたんです。できることならば一緒に過ごしとうございます」

と幸吉の返答にはなんとなく危惧《きぐ》があった。

「どうしました。京に行ったおそめが案じられますかえ」

「いえ、おりゃは説明の要もないが鰻職人です。おそめちゃんは高価な縫箔の女職人ですよね。若親方、縫箔に鰻の匂いが沁みませんか」

「うーむ、縫箔の衣装に鰻の匂いね。考えもしなかった」

と言った季一郎がしばし黙って歩きながら、

「縫箔師と鰻職人とが同じ屋根の下で暮らすのは厄介かもしれませんね」

「やっぱりダメか。おそめちゃんは決して縫箔を投げ出すことはありませんや。となると」

「幸吉さんが鰻職人を辞めると言うの」

とはつが幸吉に糺した。

「何年も先のことを考えるなんておかしいかもしれないがさ、おそめちゃんに言えないけど、思案しちまうんだよ」

季一郎が笑みの顔にかえて、

「幸吉さんとおそめには強い味方がいなさるではありませんか。坂崎磐音様とおこんさん、それに今津屋さんと江戸の大立者《おおだてもの》がおられる」

「そうよ、幸吉さん、先のことは心配しないの。おそめ姉ちゃんが京に無事に着くことを祈ってあげて」

とはつが言い、幸吉が頷いた。

京のおそめから江三郎親方に託《ことづ》けられた文が小梅村の坂崎磐音のもとへ届けられた。

浅間山の大噴火、さらには旧藩関前藩の内紛と慌ただしい天明三年が終わり、なんとか新年を迎えた松の内が終わった頃合いだ。

千代田城では老中田沼意次と若年寄田沼意知が全盛を極め、専断していた。

江戸へと戻る江三郎親方に預けられたおそめの文二通は、今津屋と坂崎磐音にそれぞれ宛てたものという。おそめが京西陣の縫箔師、大親方中田芳左衛門のもとに落ち着いた様子を見て、江三郎親方は江戸へ戻ってきて、まず小梅村を訪ねたのだ。

「ご苦労でございましたな、親方」

磐音がおそめに同道した江三郎を労うと、

「いえね、わっしも生涯最後の京の年末年始を見たくてね、おそめに同伴しましたがね、もはやわっしが京に長居するのはおそめにとっていいことではないと思い、正月三が日を京で過ごし、江戸に戻ってきたんですよ」

「おそめさんは京の縫箔屋の修業に馴染みましたか」

とおこんが尋ねた。

「ええ、そめの仕事を見た中田の大親方も、『江三郎さんや、江戸にこれほどの女職人がおるやなんて信じとうおへん』とおそめの才を認める言葉を最初に口にされましてな、連れて行ったわっしもほっと安堵しましたわ。芳左衛門は『西陣の本店より祇園社《ぎおんしや》の出店でわての倅にそめを見させます。三年ほど辛抱したら、この娘《こ》やったら京の縫箔も習得しますえ』と言うてくれましてな、わっしも連れて行った甲斐がございました」

と文を読む前に江三郎がおそめの京での近況を告げた。

「それに茶屋本家中島家の当主に宛てた口利状を携えてきた弟子やなんて初めてのこっちゃと大親方が驚いてましたがな。おそめは『坂崎様の心遣いはありがたくお受けいたしましたが、使う心算はございません。この口利状に頼ったときは、私の京修業がしくじったということです』と言い切っておりました」

「親方、余計なことをしたようだ」

「いえ、なんぞのときに口利状があればおそめが心強いことは確かです。わっしに文を預けたのもこちらと今津屋さんだけでございましてな、幸吉さんには、わっしと参った北野天満宮《きたのてんまんぐう》の御守札を託けただけですわ。これから宮戸川さんに寄って幸吉さんに渡します」

と親方がなんとなく京訛りが残る言葉で告げた。

「おそめさんは幸せ者ですね。江戸には江三郎親方や若親方の季一郎さんのような師匠がおられ、京には皆さんが大親方と呼ばれる縫箔の大家がおられます。こんな職人はまずおりますまい」

「おこんさん、おりまへん」

と言い切った江三郎は、

「女の縫箔師として何年後かに江戸に戻ってきたときが楽しみですわ」

と言い残して小梅村を辞去していった。

そのあと、短い文を読んだ磐音もおこんも京での修業に緊張しながらも必ずやり遂げるというおそめの決意を感じ取った。

「おまえ様、おそめさんは四歳の折りからこの道に進む宿命《さだめ》だったのですね」

平井浜の網元お婆様との関わりを承知のおこんが言った。

「宿命だけでは縫箔の女職人として成功はすまい。江戸でそうであったように京でもおそめは日夜を修業に費やす心算じゃ。うちの門弟の中にこれほどの覚悟と行動力をもった者はそうはいまい」

と磐音が言い切った。

「おそめちゃんは大きくて新しい一歩を踏み出したのですね」

「戻ってくる折りが楽しみだな」

「幸吉さんもそのときには立派な鰻職人になっていますよ。そして二人には物心ついた折りから願ってきた祝言が待っておりますよ」

というおこんの言葉を聞きながら、磐音は何年も先の京から江戸へ戻るおそめの旅路を案じていた。女ひとりの道中はそう容易くはない。なんぞ考えぬといか

んな、と思いながら、

（それがしが考えることではないか）

とも磐音は思った。

七

縫箔屋の江三郎親方が深川名物鰻処宮戸川を訪れた。小梅村の坂崎磐音の仮寓する今津屋の御寮に立ち寄ったあとのことだ。

「ああ、親方、いらっしゃい」

幸吉が目敏《めざと》く見つけて上気した体で挨拶をした。

「京上りの折り、六郷の渡しまで見送ってくれてありがとうよ」

江三郎が幸吉に礼を述べ、鉄五郎も、

「京往来ご苦労さんでしたな」

とこちらも縫箔師の親方を労った。

「いえね、わっしが京までおそめを案内する心算がね、おそめにすっかりと世話になっちまってね、親方の威厳もなにもあったもんじゃない。おそめは『東海道巡覧記』なる案内本を暗記するほど読んでおりましてね、わっしの助けなど要りませんでしたよ」

と江三郎が笑った。

「とはいえ、娘ひとりで東海道を上るのは難しゅうございましょう。こちとら大山参りの折りに江ノ島に立ち寄ったのがいちばん遠い旅ですからね。京なんてとても考えられねえや。よくもおそめちゃんを連れて行ってくださいましたよ」

と鉄五郎が笑い、

「そうですね、おそめが修業を終えて江戸に帰る折りはなんぞ工夫しなきゃなりませんな」

と応じた。

「親方、おそめちゃんは京の修業先に馴染んだんですかえ」

幸吉がいちばん心配なことを尋ねた。

「馴染んだかどうかはわっしがいる間は相手方もこちらに遠慮しているからね。あちらの職人も意地悪はしませんよ。だけど、あちらの大師匠はそめの針使いと絵心を高く買ってましてね、『江三郎はん、あんた、ええ弟子を育てよるがな。高々五、六年の修業でこれだけの技を持つ弟子は京にも滅多におりまへん』とね、わっしひとりの折りにそっと言ってくれました」

その言葉を聞いて幸吉は自分のことのように喜んだ。

「そや、忘れとったがな。そめから幸吉さんに土産や。北野天満宮の御守を預かってきたんや」

と丁寧に紙に包まれた御守札を幸吉に渡した。

「ありがとう、親方」

幸吉はおそめの温《ぬく》もりが包み紙にもあるようで両手でそっと包んだ。

「何年かあとに鰻職人と縫箔師の夫婦《めおと》が誕生しますな、鉄五郎親方」

江三郎の言葉に頷いた鉄五郎が、

「ちょうどいい折りだ。江三郎親方が多忙な身とは承知だがよ、こんな機会は滅多にねえや。ご相談申し上げたいこともあるし、なにより江三郎親方におめえの焼いた鰻を召し上がってもらえ。わっしら、京の鰻はどんな味付けか知らねえからよ、親方に食べ比べてもらうんだ」

と命じた。

へえ、と嬉しそうに幸吉が焼き台に飛んでいった。

鉄五郎が江三郎を二階の小座敷に案内して、

「あいつもね、鰻は子供のときから承知でしてね、近頃ではわっしの代わりに焼かせているんですよ」

と付け加えた。

「たしか『割きは三年、蒸し八年、焼き一生』と言いませんでしたか。幸吉さんも覚えが早い鰻職人ですな」

小座敷に腰を落ち着けた江三郎が幸吉を褒めたところに酒を運んできたおかみのさよが、

「呉服町の親方、わたしゃ、箱根だって行けないよ。おそめちゃんはすごいね。京だなんて一生涯縁がないよ。ああ、そうだ、おそめちゃんから親方が晩酌なさると聞いております。本来ならばこの場に坂崎様がおられればよいのですが、あちらはあれこれと多忙でしてね、うちにもなかなか姿を見せてくれません」

と言いながら、銚子《ちょうし》を江三郎に差し出した。

「なんだか、馳走になりにきたようだ」

と恐縮した江三郎に酒を注いださよが亭主の盃にも満たした。

ふたりの親方がゆっくりと盃の酒を飲んだ。

「親方のところには立派な跡継ぎがおられるそうな。親方もときにはこの界隈に遊びに来てくださいな」

「季一郎ですかえ。わっしの留守の間、職人たちをすっかりとわっしから取り上げて束ねていましたよ。京で他人のめしを食わせたのがようございましたかね」

と倅を認める発言をした。

「いや、いつぞやおそめちゃんが藪入りかなんかでこの六間堀町に戻って来たとき、『親方もすごいお人だけど、跡継ぎの季一郎さんも京で修業しただけあって、縫箔の技が艶やかで細かいの、なにより人柄がいいお方』とべた褒めだったわね」

とさよが言った。

「さよ、こうして江三郎さんと会うなんていい機会じゃねえか。幸吉の心配を親方に聞いてみねえか」

と鉄五郎が言い出した。

「ふたりが所帯をもつ話かえ。おそめちゃんは京に修業に行ったばかり、五、六年先の話だよ。いくら親方とはいえ、他人同士で話すなんて気が早かないかえ」

「五、六年なんて、過ぎてみればあっ、という間よ。今から考えていたほうがちょうどいいんだよ」

「そうかね」

と夫婦の問答を聞いていた江三郎が、

「幸吉さんの心配ってなんですね」

「いえね、親方の縫箔とは違い、うちの商いは食い物商売だ。生き物の鰻を割いて蒸し、秘伝のたれをつけて焼く。お感じのようにうちにはその匂いが沁みついておりましょ。幸吉はね、おれとおそめちゃんが所帯を持ったらさ、同じところに住めないじゃないかって、今から案じているんですよ。高価な縫箔の衣装に鰻の匂いが沁みつくことを案じてね」

「ほうほう、幸吉さんはすでにさようなことまで案じてくれていますか」

と江三郎が言い、盃を手に思案した。

「坂崎さんがうちで鰻割きをしていた時分、坂崎さんはうちの帰りに湯屋に寄って鰻の匂いを消すのが習慣でしてね」

「親方、これは今から考えていたほうがよいかもしれませんな。幸吉さんはいずれ独り立ちさせますかえ」

と江三郎が鉄五郎に聞いた。

「あいつは五、六歳からの付き合いでしてね、うちは季一郎さんのような跡継ぎはおりませんや。あいつがうちを継ぐのがいいが、その前に川向こうに出店を造って幸吉に任せてみる。こちらを継ぐのはそのあとでもいいでしょう」

鉄五郎は江三郎に自分の気持ちを告げた。

「となると幸吉さんとその子は縫箔ですかな、鰻ですかな」

「さあて、どっちでしょうね」

ふたりの親方が言い合った。

「親方ふたりして話が先に進み過ぎです。まずはふたりが所帯を持つことよ」

さよがふたりを制して、

「うーん、一つ屋根の下で縫箔と鰻商売は無理かもしれませんね」

と江三郎が言ったところへ、幸吉が白焼きを酒のつまみに運んできた。

鰻を白焼きにして脂肪をぬき、さらに火にかけて乾かし塩を振り、三度焼いてわさびで食べるのだ。

「これは幸吉の工夫でしてね」

「おお、これは美味そうだ」

と江三郎が白焼きを食して、

「うーむ、京は食い物がおよそ美味いが、鰻と蕎麦は江戸風がようございますね。

「幸吉さん、絶品です」

と幸吉を褒めた。

この日、江三郎は鉄五郎と昼酒を飲んで最後に蒲焼を食して、猪牙舟で日本橋の船着場まで戻って行った。

幸吉とおそめの一件は、坂崎磐音を加えて改めて話し合うことになった。


おそめは京の「西陣」と呼ばれる地域から祇園社の門前町ともいえる「祇園」の店に移った。京に来て正月を迎え、ようやく帯、着尺《きじゃく》、緞帳《どんちょう》などあらゆる高級な機業が集う西陣から移った祇園社の門前町祇園は、そんな西陣で織られる西陣織を消費する遊興の地であった。

おそめが西陣に足を踏み入れたとき、江戸にはない機業が集う土地に圧倒された。そんな西陣の中で大親方とか大師匠と呼ばれる中田芳左衛門のもとには大勢の職人がいて、着尺から段通《だんつう》まであらゆる品の縫箔をなしていた。

着道楽の京は縫箔の幅が広く、規模も大きかった。

芳左衛門はおそめが江戸において想像し縫箔した「友禅《ゆうぜん》五色吹流図」を見て、なにも評することはなかった。親方の江三郎と話し合っていたのか、

「明日から祇園の店に移りや」

と命じた。

江三郎が京を立ち、江戸に戻った直後、正月も半ば過ぎのことだ。

祇園の店は花街にあって茶屋、置屋が点在し、芸妓《げいこ》舞妓《まいこ》がだらりの帯で茶屋に向かう姿は艶やかで、それだけで一幅の絵であった。

江戸の呉服町の江三郎の縫箔の工房に似ていたが、芝居小屋があり花街に囲まれてある「縫箔祇園なかた」をおそめは一目で気に入った。そして、主は芳左衛門の長男の神太郎《しんたろう》で、六郷の渡しまで送ってきた季一郎の、京の修業時代の「兄さん」が神太郎であったとおそめに自ら説明した。

「そめ、あんたを江三郎親方と季一郎はんが京に送り込んだんは、よう分かります。そめの絵はまだ拙《つたな》いけどな、花があります。花があるかなしか、これは鈍な職人がどんなに頑張っても生まれてくるもんやおへん。天性のもんや。うちでな、最低三年頑張りなはれ、江戸に戻っても恥ずかしゅうない職人にしたります」

と約束してくれた。祇園のなかたは男ばかりで、すでに一人前の職人五人だった。そこへ江戸からの女職人が加わったのだ。

「若旦那《わかだんな》さん、うち一生懸命精だして修業します。なんぼでも叱っておくれやす」

と覚えたての京言葉で願った。神太郎を若旦那と呼ぶのは他の職人が呼んでいたのを真似た。

「そめ、あんたのすることは、まず祇園感神院《かんしんいん》はんにお参りして祇園での修業を許してもらうことや。うちでの仕事は明日からや」

と祇園社に詣《もう》でることを勧められた。

おそめは京で独り歩きをするのは初めてだった。それが嬉しいような、少しばかり不安なような妙な感じがした。

八坂《やさか》神社の石段を上がったとき、芸妓と舞妓のふたりが下りてきた。舞妓の振袖は春の花々で彩られていた。芸妓の黒地の裾模様が梅の散らしだった。ふたりと眼があったおそめは会釈をした。ふたりが、

「おおきに」

とおそめに挨拶した。ふたりのあとから置屋のおかみさんか、姿を見せて、

「お参りどすか」

「はい。明日から修業が始まります。本日は主様にお許しを得て祇園社にお参りに来ました」

おそめの言葉遣いで京の人間ではないと悟ったおかみが、

「祇園感神院はんのお祭神は牛頭《ごず》天王はんどす」

と教え、

「あんたはん、どちらで修業しはるんや」

と尋ねた。

「縫箔の祇園なかたにて修業します」

「なんや、神太郎はんとこの女衆どすか」

「江戸から参った半人前の職人です」

「縫箔の女職人はんは珍しいな。うちらと会うたのもなんかの縁や。これからもよろしゅうな。うちは置屋祇園の鶴音《つるね》の五木《いつき》どす、芸妓は花鶴《はなつる》、舞妓は小鶴《こづる》や。神太郎はんに世話になってます」

「私、そめと申します。五木様、花鶴様、小鶴様、今後ともよろしくお付き合いのほどお願い申します」

おそめは頭を下げた。

「縁やな、江戸から縫箔の修業やなんてあんたらにできるか」

とふたりに糺した。

「江戸は遠おすな、片道何日かかるんやろ」

と花鶴が自問するように言った。

「親方に連れられて二十日ほどかかりました」

「わぁ、二十日も歩きどおしやて。おそめはん、京にはどんだけいはるんや」

「三年は修業する心づもりです」

「あんたはんならできそうや、頑張りな。また会いましょ」

と五木の言葉で別れたが、おそめは京で初めての知り合いができたことを喜んだ。

おそめは祇園社の本殿に参り、一つ誓いを立てた。そして、祇園社の御守をふたつ買い求めた。一つは自分、そして、もう一つは幸吉のためだ。だが、この御守を手渡すのは何年もあとのことだと思った。

翌日からおそめの縫箔祇園なかたでの修業が始まった。この店では全員が一人前の職人として扱われる。おそめも神太郎から芸妓のものと思える帯とおおまかな絵模様が渡された。神太郎が描いた淡彩の素描だった。

おそめは試しだと思った。一々どのような色彩にするか神太郎に尋ねてよいのかどうか迷った。じっくりと素描を見たおそめは、秋紅葉の縫箔にどれほどの期

間要すると、頭の中で計算し、

「このお方、おいくつでございましょう」

「芸妓さんや」

とだけ神太郎が答えた。一瞬、考えたおそめが、

「若旦那さん、夏の終わりまでに間に合わせればようございますか」

と尋ねた。

神太郎が頷き、

「一日、考えさせてもろうてようございますか」

「いく日でも得心いくまで思案しなはれ」

「祇園の置屋さんの鶴音さんはこの近くにございますか」

「おお、鶴音を承知か」

「祇園社さんでお会いしましてご挨拶申し上げただけです」

「うち出てな、北に上がるんや、白川《しらかわ》の巽橋《たつみばし》の傍にあるわ」

とだけ神太郎が教えた。

この日、おそめが縫箔祇園なかたに戻ってきたのは七つ半（午後五時）時分だった。

「ただ今戻りました」

と挨拶するおそめに神太郎は首肯しただけだった。


翌朝、工房に入った神太郎は、おそめが独りすでに仕事をしている姿を見た。

朝七つ半（午前五時）時分に起きたおそめが祇園社にお参りし、店に戻ると通りを掃き掃除するのが朝の習わしということを神太郎はのちに知ることになる。

すでに工房にいたおそめは、神太郎が渡した素描の紙に薄墨《うすずみ》で描き足していた。

「朝餉は食したやな」

「はい」

と答えたおそめが帯地を張った台の前にしばし座していたが、針を手にすると無言で裏地から表地へとひと針目を刺した。迷いもなく緩みもなかった。

他の職人たちが工房に入ってきて、おそめを見る神太郎に視線をやったが、直ぐに自分の縫箔の台の前に座した。

数日後の宵、置屋の鶴音を訪ねた神太郎は、おかみの五木に、

「うちの弟子が面倒をかけたと違うやろか」

と詫びた。

「神太郎はん、うちとこ、面倒やなんてなんもかけられてしまへんえ」

「おそめはそなたになにを尋ねたやろか」

「神太郎はん、気になります」

「まぁまぁ、そんなとこや」

「半日、花鶴の働きを見ていただけですわ。なんも聞かんとただひたすら見てはったわ。そんでな、紙になにやら描いてはったわ、身ぃが入っとるわ。おそめはん、いい縫箔職人にならはると違います」

「となることを願うてます。鶴音はんはようも一見《いちげん》のおそめをうちに上げはったな、花鶴もよう許したわ」

「神太郎はん、妙な娘やな。いえ、うちかてお馴染みはんと違う人をうちに上げしまへん。けどな、あの娘は顔によろしが現れとるがな。神太郎はん、いい職人はんに上手にな、育ててや」

と五木が神太郎に言ったのだ。おかみの五木が言った「よろし」が現れた顔でおそめは一心不乱に針を扱っていた。よろしとは「よい」または「よし」という京言葉の独特な表現だった。

（秋が楽しみや）

と思いつつも一分の懸念がないわけではなかった。

八

幸吉は京のおそめから文を貰った。晩春のことだ。江戸を出立の折り、縫箔修業に専念するゆえに文は出さないとおそめは幸吉に告げていた。

そのおそめが文をくれた。

幸吉は短い文面を幾たびも読んだ。この秋に京の親方と一緒に江戸に戻ると認《したた》めてあった。その文面に幸吉は喜んで金兵衛《きんぺえ》に早速報告に行き、小梅村の坂崎家にこのことを知らせて欲しいと願った。

だが、この文を何日か幾たびも読み返すうちにおかしいと思った。

おそめは頑ななほど気性のしっかりとした女だった。いったん決めたことを親方が江戸に出るからといって同行してくるだろうかと思ったのだ。あるいは、おそめの文は京での修業に喜びと同時に行き詰まりを感じたせいではないかと考えたりして、独り悩んでいた。

そんな折り、老中田沼意次と若年寄田沼意知親子の権勢に翳《かげ》りが出る騒ぎが殿中で起こった。天明四年（一七八四）三月二十四日の正午頃、若年寄の田沼山城守《やましろのかみ》意知が御用部屋を出て、桔梗之間《ききょうのま》にさしかかったところ、

「山城守どの、覚えがあろう」

と三度叫んで意知を斬りつけた者がいた。

刃傷《にんじょう》に及んだのは新番士佐野善左衛門《さのぜんざえもん》であった。

肩先と股に深手を負った意知は神田橋の老中屋敷に駕籠で戻され、医師が呼ばれた。だが、この傷がもとで意知は三月二十六日に没し、四月二日にその死が発表された。

江戸ではこの田沼意知の惨死が千代田城の権力図に微妙な影響を与えていた。

老中田沼意次は嫡子意知の死によって人物が変わったようで、田沼一派も譜代派と呼ばれる反田沼派も声をかけることを憚《はばか》っていた。

そんな江戸城中の変化とは別に深川六間堀界隈でも天明の飢饉のさなか、その日の食い扶持を得んと人々は必死で働いていた。

唐傘長屋で騒ぎが起こった。

鰻割きを新たな新入りに教えている幸吉のところに金兵衛が姿を見せた。昼前

のことだ。

「おや、また鰻割きのやり直しか」

「冗談言うねえ。鰻と関わって二十年近い幸吉様だぜ。いまじゃ、親方が忙しい折りは焼きをやらせてくれる職人頭の幸吉様にそれはねえだろう」

自分を勝手に職人頭と呼んだ幸吉が金兵衛に文句をつけたがお互い本気じゃない。

「どうしたんだ、おこんさんに頻繁に小梅村に孫の顔を見に来ないでと叱られたか、金兵衛さんよ」

「小梅村の娘は、おれの娘であって娘じゃねえや。剣道場の道場主の女房だ。二本差しの女房などわしの身内じゃねえや」

「ならば空也さんも睦月さんも孫じゃねえのか」

「うむ、空也と睦月はわしの孫だな」

「ならば坂崎磐音様の女房のおこんさんは娘、身内じゃないか」

金兵衛に応対しながらも新入りの包丁の使い方をちゃんと見て、忠言を怠らなかった。

「なにがよ、金兵衛さんの長屋に起こったんだよ」

「わしの長屋じゃないよ。おめえが生まれ育った唐傘長屋の騒ぎよ」

「えっ、唐傘長屋がどうしたよ」

「うーむ、ちょっとな、厄介だな」

と応じた金兵衛はそれだけ言うと黙り込んだ。

「うちの仕事の邪魔をしに来たんだぜ。なにがあったか話しねえな」

幸吉が催促したが金兵衛はなかなか言い出せなかった。そこへ親方の鉄五郎が来て新入りの藤助《とうすけ》に、

「表の掃除をしていろ」

と命じた。すると金兵衛が割き台の傍らに腰を下ろし、

「親方は承知のようだな」

と鉄五郎に問い返した。

「おきんさんのことじゃねえかえ」

「なに、おきんさん、また酒でしくじったか」

と幸吉が二人に尋ねた。

鉄五郎はなにも言わず金兵衛を見た。

唐傘長屋の差配は金兵衛ではない。よその長屋のもめ事は、言い難いのかと幸

吉は思った。

「幸吉、唐傘長屋の空部屋に一見やさ顔の自堕落《じだらく》そうな男が引っ越してきたんだってよ。四月《よつき》も前のことよ。小金には困ってないようだとさ。仕事はなんだか知らないや」

「その男とおきんさんが昼間から酒を飲んでいるとある客に聞いたな」

鉄五郎が言い、金兵衛が頷いたがそれでもなにか迷っていた。

「よその長屋だからってさ、そこまで喋ったんだ、途中で止めるなんておかしかねえか」

「そうだがな。幸吉、こいつは京で修業中のおそめちゃんにも今津屋で奉公しているおはつちゃんにも知られたくない話なんだよ」

幸吉が鰻の割きを止めて金兵衛を見た。

「おきんさんの姿が半月前から見えないんだとよ」

「はあっ、どういうことだよ、金兵衛さん」

と幸吉が応じて思案し、

「まさかよ、やさ男と一緒に長屋を出たって話じゃないよな、金兵衛さん」

「それがどうもそのようなんだ。ここんとこ亭主が倅の平次と一緒にさ、きちんと仕事に出ていたと思ったら、こんどはおきんさんだ」

　金兵衛の言葉に割き台の三人に沈黙が訪れた。鉄五郎もそこまでは知らなかったというように、顔をしかめていた。

「ほんとうに男と一緒におきんさんは、長屋を出たのか。男がいくつか知らねえが、おきんさんは四十じゃねえか」

　四十歳の女は大年増どころではない。

「男と女の間柄はよ、突飛なことが起こるってことよ。考えてみねえ。おきんさんはおそめちゃんとおはつちゃんの母親だぜ、それなりに顔立ちも悪くねえ。そんなおきんさんがよ、わずかばかりの衣服の着替えなんぞを携えて長屋を出たそうだ。だが、ふたりが出ていくのを見た者はだれもいないそうだ」

　と金兵衛が言った。

「金兵衛さん、この話、今津屋のおはつちゃんにも京のおそめちゃんにも知られたくないな」

　幸吉はこの七月には江戸に一時戻るというおそめのことを気にした。おそめが知ったら縫箔の修業に戻れるか、そのことを案じた。

「だから、そう言ったじゃねえか」

と金兵衛がきっぱり言い、

「まず京は遠いや。ともかくおそめちゃんは知らさなければよかろう。だがよ、おはつちゃんが藪入りなんぞで戻ったとき、知ることになるぜ」

と幸吉が案じた。

盆の藪入りは七月十五日だ。

「金兵衛さん、唐傘長屋の差配は甚平《じんべい》さんから変わってよ、融通の利かない男になったよな。あいつが今津屋に知らせることはあるまいな」

「幸吉、差配の満作《まんさく》さんはおれから口止めする。それより亭主の兼吉さんが危ないぜ。ふらふらと今津屋に訪ねていかないか」

「金兵衛さんよ、唐傘長屋の差配と兼吉さんの口を塞いでおいたほうがいい」

と幸吉が言った。

もしおはつがこのことを知ったら、京の姉に文を書いて知らせるくらいの才覚はある。修業中のおそめを動揺させるようなことは決してしてはならないと幸吉は思った。

「金兵衛さん、唐傘長屋内にこの話をとどめてな、もう少し様子を見ないか」

と鉄五郎が言い、金兵衛は頷いた。だが、幸吉は無言で思案し続けていた。

「幸吉、なにか懸念か」

「金兵衛さんさ、念押しするぜ。おきんさんはその男と確かに出ていったんだな」

「男が半月分の店賃《たなちん》を溜めたまま、おきんさんと出ていったことは確かだ、と差配の満作さんもよ、おめえのおっ母さんのおしげさんも口を揃えて言うんだぜ。満作さんなど神奈川宿なんぞの曖昧宿に叩き売られるのがオチだとまで、わしに言ったんだぞ」

ううーん、と幸吉が唸った。

「どうした、幸吉」

「親方、なんとしてもおはつちゃんには知られたくねえ」

内心では秋に江戸に戻ってくるというおそめのことを気にかけていた。

「だから様子を見ようと言っているんだよ」

「こんな話はよ、両国橋の向こうに直ぐに伝わるもんだ、ともかくこれまでよくうちに知られなかったもんだ」

「だから唐傘長屋ではよ、おきんさんの家出をよ、当分隠しておこうと思ったんじゃないか」

と金兵衛が言った。

「そうかもしれねえな。だがよ、親方、金兵衛さんよ、こんなことはいつかばれる。おりゃな、万が一を考えて、今津屋の由蔵さんと坂崎さんとおこんさんには伝えておいたほうがいいと思うんだがね」

幸吉が考えを述べると鉄五郎が、

「ただ今の坂崎様はそれどころではあるまい。田沼の倅が殿中で斬られて死んだところだ。田沼一派だって、坂崎様の動きに気を配っているぜ。生きるか死ぬかの戦いの前に唐傘長屋の男と女の道行きなんぞを伝えるのはどうかな。伝えるならばおこんさんだけだね、亭主の行動はおこんさんが一番承知だ。おこんさんに自分の胸に仕舞うか、若先生に伝えるか決めてもらうのはどうだ」

と鉄五郎が至極もっともなことを告げ、

「すると由蔵さんとおこんさんか。こりゃ、早いほうがいいな。だけど今津屋の店先でも小梅村の道場でも話せないぞ」

と金兵衛が幸吉の顔を見ながら言った。

「おれがふたりに話すのか」

「だから相手先では話せない。どうだ、ふたりをそれぞれが相手に相談ごとがあるといった体でうちに呼んで話を聞いてもらったら。そしたら金兵衛さんも話に加われよう」

と鉄五郎が言い、幸吉が今津屋から小梅村に回ることになった。

その七つ（午後四時）時分、今津屋の老分番頭の由蔵が猪牙舟で宮戸川に着くと、二階の座敷に通された。するとすでにおこんの姿があった。

「老分さん、厄介ごとがございましたか」

おこんが挨拶もそこそこに由蔵に尋ね、由蔵が、

「おや、おこんさんからの相談と幸吉さんに聞いたのですがな」

とふたりで顔を見合わせた。そこへ金兵衛と幸吉が姿を見せて、

「あら、お父っつぁん、どうしたの」

とおこんが尋ねた。すると金兵衛が、

「いやね、幸吉に小細工させたのはこの金兵衛と鉄五郎親方とそれに幸吉当人なんだよ」

と言い出した。

「私とおこんさんに話ですか」

と由蔵も訝し気な顔をした。

「宮戸川に話を持ち込んだのはわしだから、私から話そう」

と金兵衛が前置きして、唐傘長屋のおきんと正体の知れない男との家出話を告げた。話を聞いたおこんが、

「お父っつぁん、自分の差配する長屋じゃないのよ。間違いってことはないわよね」

と糺した。金兵衛に代わって幸吉が、

「おこんさん、おれも、いえ、私も唐傘長屋に戻ってね、お袋に話を聞いた。男に騙《だま》されたかどうかは知らないが、おきんさんの考えで長屋を出たのは確かな話だ」

「呆れた」

とおこんが言い、

「お三方の危惧が分かりましたよ。おはつとおそめさんのことですね」

と由蔵が応じた。

「老分番頭さん、幸吉が、いえ、私どもが案じているのは亭主の兼吉さんや弟の平次のこともある。ですが、今津屋さんと京の縫箔屋で修業している姉妹に妙な

形でね、話が伝わりたくないのでさあ」

と鉄五郎が言い添えた。

その瞬間、幸吉はおそめからの文を思い出した。あの文の真意は親方のお供で江戸に帰ることではないのではないか。なぜかおそめは母親の不貞を察していたのではないか。そう考えると、あのおそめがあのような文を出した気持ちが分かると思った。

「藪入りが近うございますな。おはつが長屋に帰れば嫌でも知ることになる。できることならばそのことだけは避けとうございますな」

と由蔵が腕組みして思案した。

「お佐紀様がな、小田原の実家の法事があると申されておりました。旦那様に相談してお佐紀様の法事におはつを従わせる手がございますよ。藪入りに合わせての小田原までの旅です」

「老分番頭さん、それはいい」

と金兵衛が賛意を示した。

「それにしてもおきんさん、どうしたのかしら」

とおこんが首を捻った。

「娘も伜もしっかりしているというのに、母親があれじゃあな」

と金兵衛も言った。

「おれさ、おそめちゃんから聞いたことがあるんだ。おきんさんの生まれは江戸の内海に面した平井浜ってね。おきんさんは平井浜の勇さんという人と許婚みたいな間柄にあったらしいな。ところがおきんさんが深川に奉公に出て、柿葺き職人の兼吉さんと会い、所帯を持った。おきんさんの戻りを待っていた勇さんは、漁《いさ》り船の事故で死んだんだよ、身投げしたと思っている漁師もいるそうだ。

そんなおきんさんが次に平井浜に戻ったのは、おはつさんを生むときのことだ。その折り、平井浜の人々は、当然のことながら、勇さんの一件があったからさ、おきんさんを温かく迎えたわけじゃない。そのとき、おそめちゃんは四つの頃だったけど、平井浜の人びとはおきんさんの仕打ちを許してなかったんだと、大きくなって気付いたと言っていたな」

「そうか、もう何年前のことか、おきんさんのお袋さんが身罷ったとき、弔いに呼ばれなかったと愚痴を言うのを聞いたことがある」

と金兵衛が言った。

幸吉はおそめが文で深川の唐傘長屋のことを、いや、母親のおきんのことを幸

吉に遠回しに尋ねているんじゃないかと思った。つまりおそめは母親が、

「なにかやらかすこと」

を察していたのではないか。

幸吉は、この推量をおこんであれ、由蔵であれ、鉄五郎であれ、金兵衛であれ、親しい人にも口にできないと思った。なにより幸吉は、おそめには念願の京での縫箔修業を全うするために専念してほしいと考えていた。

その夜、幸吉は京のおそめに宛てた文を徹宵《てっしょう》して書いた。おそめと一緒に泉養《せんよう》寺《じ》の和尚《おしょう》に習ったので読み書きはできた。だが、おそめのような美しい字は書けなかった。それでも必死の想いでおそめに認めた。


「おそめ様　京の縫箔修業はいかがですか。呉服町の江三郎親方が京から戻ってきて、おそめちゃんの修業ぶりを詳しく話してくれたので、おれは安心しました。

先日文をくれないと言い残していったおそめちゃんから文をもらい、びっくりもし、うれしくもありました。この秋には京の親方さんと一緒に江戸に戻るとの文を幾たびも読み返しました。

なんども読むうちにこの文はおそめちゃんの本心ではないと、おれは考えまし

た。

おれたちは物心ついた折りから唐傘長屋に身内のように過ごしてきたのです。おそめちゃんがなにを考えているか、おれには察することができます。

おそめ様、どうか京に向かった夢、縫箔修業だいいちに考えて、京での修業を続けてください。

江戸では老中田沼様のせがれ若としより田沼意知が佐野ぜん左えもんに殺されました。大変なさわぎです。一方佐野さまは、『世直し大明神』としてあがめられています。

おそめちゃん、おれたちは殿中でおこったさわぎより、おれたちの夢に向かって修業し奉公するのがつとめです。

おれのようなうなぎのことしかできない幸吉だけど、おそめちゃんが京で迷っていたとしたら、どうかおそめちゃんのやりたいことに専念してくれませんか。

それともおれの考えはとんちんかんなんだろうか。

たとえとんちんかんであろうと、おれはおそめちゃんに言います。

いまおそめちゃんに大事なことはなんだって、問い返します。

江戸でなにがおころうと、六間堀は身内同士です。こちらでなんとかします。

おはつちゃんも今津屋でがんばって奉公しています。平ちゃんもおやじさんのこけらぶき職人のあとをつぐつもりでおやじさんといっしょに仕事に出ています。

もういちど、念押しします。

あつい夏の盛りを迎えますが、夢をかなえてください。

深川うなぎ処宮戸川　幸吉」

と下書きした文を清書した。

文を書き終えたときには朝が来ていた。

下手な文だが、かしこいおそめならばかならず幸吉の考えを汲みとってくれると思った。

二月《ふたつき》後、おそめから文が来た。江戸帰りは新たな客の注文が入ったために延期になったとの文面だった。

幸吉はおそめに真意が通じたと思った。

天明六年（一七八六）八月二十七日、権勢を振るった田沼意次が老中を解任された。田沼を重用してきた将軍家治の死が引き金になった。

この田沼意次の老中解任の知らせを聞いた坂崎磐音は、

（諸行無常）

の言葉を思い浮かべた。

九

田沼意次の老中解任より少し前の話だ。

天明六年夏、京に縫箔修業に行っていたおそめが呉服町の縫箔師江三郎のもとへ二年半ぶりに戻ってきた。

おそめは江戸に戻ってきた日から、この京での修業の日々がなかったように以前与えられていた縫箔の台の前に座した。

前夜、江三郎に、

「お馴染みのお客様から来春の正月に着る京友禅の振袖に締める帯を頼まれてんだ。振袖はおれの座敷にある。それを見てな、おめえが京で覚えた絵心と技で好きなように仕上げてみねえ」

と命じられていた。その前に江三郎がやりかけた帯の作業のあとをおそめに任せた。こんなことはふつうあり得ない。

京修業がどうであったか試されているとおそめは思った。親方の縫箔をしばし凝視し、江三郎がどのような縫箔を仕上げようとしているのか見定めた。そして、数瞬瞑目して気持ちを静めると最初のひと針を帯地に通した。

その模様を三代目江三郎の跡継ぎの季一郎や弟子たちが注視していた。だが、おそめは平静の態度でひと針ひと針緩急をつけながらひたすら動かしていった。

京に修業に出た日、若旦那さんの神太郎に与えられた帯、秋模様の紅葉図を縫箔した折りよりも針の動きが滑らかだった。渓谷《けいこく》の流れのように正確にして素早く、そのうえ細やかだった。

京がおそめに授けたのは縫箔の技だけではない。千年の古都が培ってきた美と感性をおそめに付与したのだ。

季一郎はおそめの縫箔が、修業した歳月以上に洗練されたものであることに気付いた。おそめの兄弟子たちもおそめの、

「上達」

を認めざるをえなかった。なにより親方の仕事の邪魔をおそめの縫箔はしていなかった。親方の仕事が引き立つような針捌きだった。

そのような季一郎や兄弟子の感じ方や思惑をよそに、おそめは仕事を淡々と続

けていた。己の仕事に自然と集中していたのだ。

親方の居間に姿を見せた季一郎の顔を江三郎が見た。

「親方、わっしの五年の京修業以上におそめが京から得たものは大きくて確かです。おそめの修業ぶりが目に見えるようです」

季一郎が京の修業に行った時点とおそめのそれには大きな差があった。季一郎は物心ついた折りから縫箔がなんたるか承知していた。それに比べ、おそめが縫箔に実際接したのはわずか五、六年だった。縫箔がなんたるか分からないままにおそめは、白紙の状態で京から無心に学んだのだ。

「京の大師匠や神太郎さんからの文で修業ぶりはなんとのう把握していた心算だが、そう、おそめを京に送り出してよかったな」

「へえ、おそめの絵心と才が今後どんどん大輪の花を咲かせていきますよ」

と季一郎が言い切った。

しばし沈思していた江三郎が、

「幸吉さんと所帯を持つ話はどうなる」

と倅に尋ねた。

「わっしの勘ですが、おそめも幸吉さんもこの数年、所帯を持つことより仕事に没頭しましょうな」

「職人同士にとって祝言より仕事かえ」

「親方、あのふたりは所帯を持つことをそれぞれの仕事の進み具合と勘案して決めますって。周りがやいのやいの言ったところで、ふたりは聞き入れますまい。物心ついたときからふたりは身内同然になにごとも承知なんですからね」

「そうだな、当人同士に任すしかないか。ということはおそめはうちで縫箔を続けていくことになるか。うちにとって幸運なのか不運なのか」

「おそめ、名指しの客が増えますぜ」

と季一郎が確言した。

その日、おそめの仕事が終わった頃、季一郎が、

「おそめ、表に幸吉さんが待っておられる。会ってきねえ」

と命じた。

「お心遣いありがとうございます」

と言って縫箔の台の前から立ったおそめが呉服町に出た。すると幸吉がひっそりと佇んでいた。ふたりは無言で見つめ合った。おそめのほうから歩みより、

「幸吉さん、江戸に戻ってきました」

と挨拶した。

「よう頑張ったな、おそめちゃん」

もはや娘から女へと様相を変えたおそめをまぶしく見ながら幸吉が言った。その言葉を頷きながら聞いたおそめに幸吉が、

「おそめちゃんが京から帰る先はやはり六間堀の唐傘長屋じゃなかったな。呉服町の親方の家だったか」

「幸吉さん、私たち、子供じゃないの。職人よ、修業先から戻るところは仕事先の親方のもとよ」

「そうだな。だがよ、唐傘長屋には親父さんと平次が待っているぜ」

「藪入りの折りに戻るわ」

と言ったおそめがしばし沈黙し、口を閉ざした。

幸吉がなにを迷っているか察していた。

「おそめちゃん、承知のようだな。おっ母さんが長屋にいないことをよ」

幸吉の問いに頷いたおそめが、

「おっ母さんはいつか長屋を出ていくような気がしていたの。だれって言わないけど、おっ母さんの家出を文に書いて京の仕事先に知らせてきた人がいたの。そ

のとき、迷ったわ。江戸に戻ろうかって。でも、私が帰ったところでどうにもならない。そんな折りよ、幸吉さんが文をくれた。寝床のなかで幸吉さんの文を読みながら何度も泣いたわ。あの励ましと叱りの文にどれほど勇気づけられたか。幸吉さん、京で得心できるまで修業ができたのは幸吉さんのお蔭よ」

おそめは素直な気持ちで感謝した。

「そうか、おれの下手な字の文が役に立ったか。おりゃ、おそめちゃんならきっと分かってくれると思っていたんだ。親父さんと平次は、長屋の連中に助けられながら柿葺きの仕事を頑張っているから、安心しな」

「私たちって手に職があるわね、だから強いのよね。おっ母さんは自分のやることがなにか分からず仕舞いだった。いつも他人に、男の人に夢を託したのよ、だから、いつの日か幻滅してこうなると思っていたわ」

「おそめちゃん」

「なあに」

「おれさ、親方から宮戸川を継がないかと相談されたんだ」

と話題を変えた。

「えっ、すごい」

「だけどな、まず出店を江戸橋の傍に親方は設ける気だ。そいつをおれがしっかりと仕切って深川宮戸川の味を伝えたあとのことだがよ」

「幸吉さんならやり通せるわ。鉄五郎親方のところには子供がいなかったものね」

「ああ、だがよ、そんなことよりおそめちゃんと一緒に行ってみたいところがあるんだ」

「出店を出すとか言っていた江戸橋」

違うよ、と言った幸吉が首を横に振り、

「平井浜にさ、おそめちゃんと一緒に訪ねたいんだ。おそめちゃんの縫箔は平井浜から始まっているんだろ。おりゃ、そう思ってきた。だから見てみたいんだ」

おそめが幸吉を正視して、うん、と頷き、

「私も平井浜にはいつの日か戻りたかった。藪入りで深川に戻った折りにおはつや平次を連れて訪ねましょ。おばあちゃんの墓参りをかねてね」

と約束した。

「おれ、おそめちゃんの顔を見たら安心した、帰るぜ」

「日本橋まで送っていかせて」

とおそめと幸吉は肩を並べて通一丁目から日本橋へと向かった。

「幸吉さん、私が修業した縫箔祇園なかたは、感神院祇園社と呼ばれる神社の門前なの、そのうえ、芸妓さんや舞妓さんがいる置屋さんやお茶屋さんがたくさんある花街なの。私が西陣から移って初めての日、仕事を始めようとしたら、大師匠の倅さんで跡継ぎの神太郎さんが、『半日、休みをやろう。祇園社に詣でてこい』と命じられたの。この御守はその日に購《あがな》ったものよ。幸吉さんへの土産と一緒に私は修業してきたの」

とおそめが幸吉に差し出した。

「親方の江三郎さんにおそめちゃんから預かったって御守を貰ったな」

「それは西陣の本店近くの北野天満宮のもの、こちらは最前話したように京の中心、この通町から日本橋のようなところだけど、花街と町が一体になっていて、華やかな雰囲気がこの江戸とは違うわね」

「北野天満宮の御守はおれの宝物だぞ。もう一つ増えたな、祇園社の御守がさ」

「幸吉さんと私は生涯をともに過ごすことになるわ、御守がいくつ増えるかしらね」

とおそめの言葉に幸吉は胸が熱くなった。

深川六間堀の唐傘長屋に生まれたふたりの男女の職人修業が江戸で再開された。

おそめが京から戻ってきた翌年の夏に陸奥白河《しらかわ》藩主松平定信《まつだいらさだのぶ》が老中に就任し、寛政《かんせい》の改革が着手された。

十一年前、十七歳の定信は突然白河藩主松平定邦《さだくに》の養子に出された。定信の英邁《えいまい》を恐れた田沼意次の策略と世間では噂された。

政《まつりごと》の歳月が無為に過ぎて形勢は逆転し、権勢の喜びを謳歌《おうか》していた田沼派の老中や奉行らの更迭《こうてつ》が始まった。

そんな政治の動きに眼を背けた坂崎磐音は、忍《しのぶ》ヶ岡《おか》の寒松院《かんしょういん》の佐々木家の隠し墓に詣でた。むろんこの行為は佐々木家の跡継ぎ磐音にのみ許されたものであり、身内のだれにも極秘だった。

磐音がいまは亡き佐々木玲圓に伴われてこの隠し墓に詣でたのは、安永八年（一七七九）のことだった。以来、田沼意次と一派に江戸を追われて流浪の旅を続けている三年半の歳月以外は、磐音の毎月の習わしだった。

この墓地には徳川家基が暗殺された直後、自裁した佐々木玲圓とおえいの養父養母も眠っていた。

ふたりの亡骸《なきがら》を埋葬したのは磐音であった。

佐々木家の墓を掃除し、線香を手向《たむ》けた磐音は合掌した。

長い瞑目合掌の果てから懐《なつ》かしい玲圓の声が聞こえた。

（磐音、ご苦労であった）

（養父上《ちちうえ》、それがし、神保小路の尚武館道場を潰した不甲斐なき跡継ぎにございます）

（わが遺志は小梅村の尚武館坂崎道場に継承されておるわ。場所や門弟の数に拘《こだわ》るのは無益、そのことをそなたはよう承知のはず）

（松平定信様が老中に任じられ、寛政の改革が始まりました）

（剣の道を志す者にとって政との間合いは厄介でのう。そなたはそのこともよう承知であろう）

（はい）

とだけ磐音は答えた。

しばし遠い果てからの声が沈黙した。そして、

（磐音、そなたは跡継ぎとして、玲圓が考えた以上の苦難を負い、立派に務めを果たしておる）

という無音の声とともに玲圓の気配が消えた。

磐音は合掌を解き、

「養父上、養母上《ははうえ》、また来月に詣でます」

と声を残すと寒松院の隠し墓から忍ヶ岡に出た。

そこに武芸者と思しき若侍が磐音を待っていた。

磐音は見知らぬその者を見て、

「どなたかな」

と糺した。

「元相良《さがら》藩田沼家下士鷲塚伊之助《わしづかいのすけ》と申します」

と丁寧に答えた。

磐音が忍ヶ岡に毎月来ることを鷲塚がなぜ承知しているのか、しばし考えた。

だが、思いつかなかった。

「坂崎様、遠江《とおとうみ》相良藩は石高を減らされたのち、この十月の二日、さらに二万七千石を没収され、藩主田沼意次様は隠居を命ぜられました。

それがし、天明二年に相良藩の下士として仕官が許され、六年あまり奉公いたしました。とは申せ、老中の意次様にお目にかかる身分ではございませぬ。むろん江戸藩邸がどこにあったかも存じませぬ。それでも郷士であった父は、老中家の田沼家にようも仕官できたと喜んで身罷りました。三年前のことでございます」

鷲塚伊之助の要件が磐音にはこの説明でも見当がつかなかった。

「数日前に江戸に出て、田沼様の凋落《ちょうらく》を見聞きいたしました。田沼家の重臣でさえ、田沼家の家臣であったことを隠そうとしておられる。栄枯盛衰は世の常とは申せ、未だ存命の殿様が不憫《ふびん》でなりませぬ。

坂崎様の武名、承知しております。直心影流尚武館佐々木道場の道場主玲圓様の跡継ぎとしてただ今は川向こうの小梅村に尚武館坂崎道場を開いておられます。かつては西の丸徳川家基様の剣術指南であったことも、こたび老中に就かれた松平定信様も坂崎様の門弟のおひとりであったこともお聞きしております」

と鷲塚は言葉を止めた。

「坂崎様にはなんの恨みもございませぬ。わずかな歳月老中家の家臣、下士であったそれがし、田沼意次様の哀しみを少しなりとも癒さんと覚悟をいたしました」

「それがし、坂崎磐音を討ち果たすと決意なされたか」

磐音の言葉に頷いた鷲塚が、

「勝負は時の運と申します。とはいえ、それは剣術の技量が同格であった場合のこと、それがしと坂崎様では天と地の開きがございましょう」

と淡々と告げた鷲塚が、

「それがしの気持ち、受けていただけますか」

「お断わりすることができようか」

磐音は、無駄は承知で願ってみた。

「坂崎様、未熟なそれがしの気持ち、縷々《るる》申し上げた以上、真剣勝負をお願いしとうございます」

と鷲塚があくまで穏やかな口調で願った。

「それがし、遠江相良藩の田沼家の重臣どのが西国から厳選して雇った刺客五人と戦ったこともござる」

「承知です」

「失礼ながらお尋ねいたす。鷲塚どのの技量、刺客五人より上かな」

「比べようもございますまい。されど金子で雇われた刺客風情が持ち合わせぬ覚悟がございます」

「覚悟だけでは勝負になり申さぬ。鷲塚どの、剣術の流儀はいかに」

「亡父に戦国伝来の真田流《さなだ》を教えられました。とはいえ、田沼家に仕官した折りも真田流の技量を披露したことはございませぬ。相良藩の員数のひとりとして雇われ、それがしの剣術を承知の同輩はひとりとしておりませぬ」

「真田流な」

初めて聞く流儀名に磐音は関心を持った。

「そなた、勝負は時の運と申されたな。命をお捨てになる覚悟か」

「いえ、坂崎磐音どのに一矢《いっし》を報いる覚悟にござる」

大きく頷いた磐音は、自ら先に備前包平を抜いた。

「ありがたき幸せ」

と応じた鷲塚伊之助も鞘を払って剣を正眼に構えた。

相正眼のふたりの剣者の間合いは一間を切っていた。

磐音は正眼に構えた鷲塚伊之助の剣風が予想をはるかに超えて堂々としていることに驚きを感じなかった。言動でその技量がただならぬことを推量していた。

だが、次の瞬間には、

「春先の縁側で日向ぼっこをしながら居眠りする年寄り猫」

と評される居眠り剣法をとった。

磐音は、鷲塚伊之助が居眠り剣法を承知と直感した。

静なる構えが初冬の陽射しのなかで続いた。

どれほど対峙《たいじ》の時が過ぎていったか。

磐音が珍しくも先に動いた。

正眼の構えをゆるゆると下段へと移していき、包平の切っ先が地面に触れるほど下げて止めた。

鷲塚が続いて動いた。

上段へ厚みのある剣を差し上げていき、頭上に止めた。

下段と上段で両者の剣はふたたび止まった。

磐音が鷲塚伊之助の息遣いを感じながら、
くるり
と包平を峰に返した。

次の瞬間、そのことを予測していたかのように、鷲塚が踏み込みざまに上段の剣を磐音の脳天へと落とした。

磐音は不動のまま、峰に返した包平を右の胴に叩き込んだ。

直後、鷲塚の体が横手に流れていき、刃が磐音の体すれすれに落ちていった。

どさり
と鷲塚の体が地面に叩きつけられ、一瞬顔を上げた相手が磐音を見た。
「見事なり、真田流上段斬り」
との磐音の声が聞こえたかどうか、武士の意地を貫いた鷲塚伊之助が気を失った。
磐音は、
(相良藩田沼家にかような家臣がおられたか)
と感動を覚えながら包平を鞘に納め、
(そなたは存分に田沼家に忠義を尽くされた。生きられよ)
と無音の声をかけた。

十

寛政五年(一七九三)春、神保小路に敷地千坪と広がった直心影流尚武館坂崎道場が再興なり、十数年ぶりに木刀や竹刀で打ち合う音が響いた。
神保小路に代々住む譜代の直参旗本にとってなんとも心強くも嬉しい官営道場

の再起であった。

また坂崎磐音にとっても神保小路の尚武館道場の看板を新たに掲げることは年来の念願が叶ったことであった。

徳川家基の死から佐々木玲圓、えい夫妻の殉死ともいえる自裁、さらには尚武館道場からの立ち退きと尚武館の消滅、磐音とおこんふたりの江戸を離れての流浪の旅、そして、再起を期して江戸に戻り、小梅村に尚武館坂崎道場の誕生とあれこれとあった十数年であった。

神保小路の再興は十一代将軍徳川家斉《いえなり》が代々の佐々木家の徳川家忠誠を知ったうえでの命《めい》であった。

小梅村から神保小路に引越しを前にして、深川名物鰻処宮戸川の職人幸吉が幼馴染みにして縫箔職人のおそめを伴い、小梅村を訪れた。

幸吉は江戸橋南詰に開く宮戸川の出店に職人頭として就くことになっていた。そして、ゆくゆくは子のいない宮戸川の鉄五郎の跡継ぎになることが内々で決まっていた。

磐音もおこんもそのことを知る数少ない人間だった。

一方おそめは呉服町の縫箔師江三郎と跡継ぎの季一郎親子の片腕としてなくて

はならぬ存在であり、いまや呉服町の縫箔の女職人そめ名指しでの注文が殺到していた。

小梅村にふたりの幼馴染みが訪いをして、坂崎磐音一家と住み込み門弟衆が神保小路に戻った数日後、神保小路の母屋に幸吉とおそめ、それにそれぞれの親方鉄五郎と江三郎、幸吉の父親の大工の磯次《いそじ》、おそめの父親の柿葺き職人の兼吉が緊張の顔で集まり、ふたりの親方は尚武館再興の祝いの品を持参した。

この日、磐音はいつもより早く朝稽古を終えて湯に浸かり、おこんの用意した春らしい小袖《こそで》と袴《はかま》姿で、おこんのほうは武家の妻女らしく江戸小紋《こもん》におそめが縫箔した花海棠《はなかいどう》、山吹、春竜胆《りんどう》、藤を散らした「春折々花模様」の帯を締めて迎えた。

ふたりの男親は口下手な職人だ。そこでまず鉄五郎が尚武館再興の祝いの言葉を述べたあと、

「坂崎様、おこんさん、多忙の身は重々承知しております。ゆえに要件を申し述べます」

と前置きし、

「ここに控える幸吉とそめの祝言についてお願いがあって参じました」

「お互い昵懇《じっこん》の間柄です。ふたりの祝言はこの秋で決まりましたか」

「へえ」

と応じた鉄五郎が江三郎を見た。

「説明の要もございませんが、ふたりは物心ついた折りから身内のようにして育って参りました。そめが縫箔職人を志したこともあり、京での修業や江戸に戻ってからもうちの仕事をこなして参りました。いまではわっしよりそめ名指しの縫箔の注文が多いほどでございます。幸吉さんは鰻職人としてうちの近くの江戸橋広小路に面した本材木町《ほんざいもくちょう》に、深川の出店の頭分として鰻処宮戸川江戸橋出店の切り盛りを任されるそうな。

そめはうちにとって、大事な職人ではございますが、こたびばかりは嫁に出さざるを得ません。とは申せ、ふたりは職種の違った一人前の職人でございますですな、そめが幸吉さんの仕事を手伝うことは難しゅうございましょう」

と江三郎が磐音もおこんもとくと承知の話をして、

「江戸橋の新店からうちの呉服町は近うございます。そめは当分は通いの職人として務めさせてもらいます。そのことを幸吉さんも快く応じられた。ひとつだけ厄介な懸案が残っております。なにしろうちの縫箔と食い物は、同じ屋根の下で商うわけには参りませんでな。食して美味い鰻だけに客から注文の縫箔に匂いが移りかねません。そんなわけで、幸吉さんとそめは一緒に暮らしながら、うちに通うことになろうかと思います。それでよいな、ふたりとも」

と幸吉とそめを見た。

「へえ、親方、わっしに異存はございません」

「わがままをお聞きいただいたふたりの親方様と幸吉さんになんと感謝申し上げてよいか、ありがとうございます」

と潤んだ目でおそめが礼を述べた。

「おそめちゃん、よく頑張ったわね。私にはとてもできません」

「いえ、おこん様、私は深川六間堀にいたときからおこん様が憧れの人でした。困難に出会ったとき、いつもおこん様ならどうするだろうと考えてここまで来たのです」

「あらあら、私がおそめちゃんの憧れだなんて、恐縮至極にござるわ」

とおこんが照れた口調で言い、

「で、親方様方、親御様方、本日、神保小路に参られたには肝心かなめの御用があるのとは違いますか」

となかなか要件を話し出さない訪問者たちに催促した。

「おこんさん、願いはひとつだ」

と幸吉が言い出そうとして、おそめがぴしゃりと膝を叩いた。

「幸吉さん、私どもはおふたりの親方に本日のことはお願い申したのですよ」

「おお、そうだったな。お頼み申します、親方さん」

と幸吉が願った。

「江三郎さん、わっしでいいかえ」

と鉄五郎が江三郎を見た。

「鉄五郎さん、お願い申します」

「ならば、わっしの口から」

と前置きした鉄五郎が、

「身分違いは承知の上での願いと分かっておりやす。けど、このふたりの仲人は坂崎磐音様とおこんさんしか考えられませんや。当人らもそう願っております」

磐音もおこんも予測していたことだ。おこんが胸をぽんと一つ叩いて、

「おまえ様、ようございますね」

と磐音を見た。

「ふっふっふ」

と磐音が満足げに笑い、

「おそめさん、嫁入りは唐傘長屋からかな」

「うちには母親はおりませんし、男親だけです。呉服町からでもいいぞと親方が申されましたが、私が生まれ育った六間堀の唐傘長屋のお父っつぁんのもとから嫁入りしとうございます」

「よう、言うた。それでこそわが身内よ」

とおそめと磐音の問答に兼吉が思わず涙をこぼした。

磐音を始め、一同が賛意を示した。

「となると嫁を迎える幸吉どのは江戸橋の出店でよいのかな」

「坂崎様、そこの家は古びておりますが、柱も梁《はり》もしっかりとした造りゆえ、秋口までに一階は店、二階は控えの間を入れて三間ありますから、幸吉とおそめさんの住まいに改装しとうございます」

と鉄五郎が言い、幸吉が、

「おれたち、どんなところだっていいぜ」

「いや、そうはいかねえ。深川の宮戸川の名をつけた出店だ」

「となると手入れ代がいるな」

と幸吉は大工の父親を見た。

「おりゃ、宮戸川の給金がいくらかあるそうだ」

「幸吉さん、私もなにがしか出せるわ」

とおそめも言い出した。

そのとき、磐音がおこんを見た。仏間に入ったおこんが、

「この金子は江三郎親方からおそめちゃんに渡してくださいな。伊勢敬の旦那から頂戴した金子の一部をおそめちゃんの働き分として江三郎親方が今津屋に預けておいたものよ」

おこんが袱紗《ふくさ》包みを縫箔師の前に差し出した。袱紗包みを見た江三郎が、

「十二年前、わっしが今津屋さんにお預けした金子は二十両でございましたな。それがどう見ても包金が二つはありそうな」

「親方、今津屋さんは両替商でござる。預かった金子を運用して利息がつく」

と磐音が言った。

「とはいえ、二十両が十二年で五十両に化けますかえ、坂崎様」

「なにがしか、今津屋さんからの祝いの金子も加味されておろう」

「となると、うちの給金と合わせると、おそめはなかなかの分限者だな」

と言いながら袱紗包みをおそめの前に押し出し、

「そめ、伊勢敬の花嫁衣裳の衣装替えの縫箔がおめえの初仕事だった。それに伊勢敬の旦那様、今津屋さんや坂崎様方の心遣いが加わって五十両になったんだ。今津屋さんに礼を申すんだぜ」

「ありがとうございます」

とおそめがその場に平伏した。

「よし、江戸橋の新店の改装は初めから考え直しだ。幸吉、おそめさん、嫁を迎えるに相応《ふさわ》しい二階座敷に手入れをするぜ。尚武館を手掛けた銀五郎《ぎんごろう》棟梁に願ってみる」

と鉄五郎が言うと、

「親方、わっしと兼吉さんも手伝わせてもらえませんか」

と名人棟梁銀五郎の名を出された磯次が遠慮げに願った。

「仲人も決まった。二人のお父っつぁん方も手伝ってくれるならば、江戸橋の出店は新築同様の店と住まいにしてみせます」

と鉄五郎が一同の前で宣言した。

寛政五年、老中松平定信は関東沿岸を視察し、日本への異国船の来航に備えて海防策を思案することになった。一方で京の朝廷と江戸幕府の対立が激しくなっていた。そんな最中、寛政の改革の立役者松平定信が突然解任された。

七月二十三日のことだった。

長月《ながつき》の最後の吉日、おそめは深川六間堀町の唐傘長屋に一夜泊まり、次の日、江戸橋南詰の出店に待つ幸吉のもとへ嫁入り船で向かうことになった。

日中の澄み切った青空が夕刻きれいな夕焼けに変わった。

そんな夕焼けに負けないおそめの白練帽子《しろねりぼうし》（角隠《つのかく》し）、白小袖、白帯、白足袋、白無垢の花嫁姿は清楚《せいそ》にしてなんとも美しかった。江戸の呉服町で今や売れっ子の縫箔女職人が生まれ育った唐傘長屋から嫁入りをするというので、この界隈の住人たちが六間堀に浮かんだ嫁入り船の見物に集まり、

「おそめちゃん、おめでとうよ」

「幸吉と幸せになるんだぜ」

などと祝いの言葉をかけ、なかには、

「おきんさんに見せたかったたね」

「それは言いっこなしだよ。自分から長屋を出ていったんだからね」

と言い合う女たちもいた。

今津屋が用意した船宿川清の新造船に座したおそめの付き添いを妹のおはつが務め、ゆっくりと六間堀町を竪川へと向かい、深川名物鰻処宮戸川の前では、奉公人たちや住人が色とりどりの花びらを花嫁に向かって舞い散らして祝ってくれた。

六間堀から竪川の両岸にもおそめの花嫁姿をひと目見て祝いの言葉を投げる人々に、おそめは会釈を返しながら大川に出ると永代橋を潜って、霊岸島新堀《れいがんじましんぼり》から日本橋川を経て江戸橋へと進んだ。

おそめは、

（深川の六間堀に生まれ育った私が江戸の真ん中とも言える江戸橋南詰の幸吉さんが待つ新居に嫁に行く）

と夕闇《ゆうやみ》の中、しみじみとした感慨に浸っていた。

一方、幸吉は着慣れない紋付袴姿で白扇を手に、店の前でうろうろとしていた。

「幸吉どの、案じなさるな。おそめさんは必ずそなたのもとへ嫁に参る」

と仲人の磐音が声をかけたが、幸吉の耳にその言葉が届いたとも思えなかった。

致し方なく川向こうから始まった宮戸川が江戸に進出する拠点の新店を改めて見た。

尚武館の旧屋敷から新しく立て直した尚武館坂崎道場まで手掛けた名人棟梁の銀五郎が、宮戸川の新店の改築を請け負ってくれた。そんな最中、新店の背後の隣地が売りに出ていると今津屋の由蔵が聞き込み、

「隣地は借金しても買え」

の俚諺《りげん》どおりに鉄五郎に勧めた。

新店の改装の費《つい》えは鉄五郎がほぼ支払っていた。だから幸吉とおそめのこれまで貯めていた金子を合わすと隣地をなんとか買うことができないわけではなかった。といって、新店がうまくいくかどうかは分からない。客が定着するのに半年はかかろうと、幸吉は親方と話し合い、その間の資金にすることが決まっていた。

だが俠気《おとこぎ》の鉄五郎が、何年も前から江戸の中心に進出する夢のために購っていた店の隣地を、幸吉、おそめ夫婦の住まいとして買い求めることになった。ために店との間に小さな中庭まで造ることができた。鉄五郎が数年前に購って所持していた古店全体を、鰻処宮戸川江戸橋店に使えることになったのだ。

幸吉は鉄五郎に、

「親方、おれ、こんな立派な店をやっていけるかな」

と案じたが、

「幸吉、おれがおめえを十数年がかりで仕込んだんだ。できないでどうする」

と鼓舞して、立派な店と新所帯の住まいが出来上がっていた。

江戸橋の船着場に嫁入り船が着いたとみえて歓声が上がった。

「おれ、迎えに行こう」

と駆け出そうとする幸吉の手をとった磐音が、

「婿どのは祝言の場で花嫁を迎えるのが仕来《しきた》りじゃぞ」

と店の二階座敷に連れ戻した。こちらも控えの間を入れて三間の襖を取り払い、祝言の場に設《しつら》えられていた。とはいえ、幸吉とおそめの祝言だ。ふたりして鉄五郎と江三郎親方に、

「ふたりとも職人です、祝言はつつましやかに願いとうございます」

と懇願し、招き客も鉄五郎と江三郎夫婦に幸吉の二親、おそめの父親の兼吉と妹のおはつと弟の平次、今津屋の老分番頭の由蔵、本所深川を代表して品川柳次郎、江戸橋広小路界隈の町役人のふたりに仲人は坂崎磐音とおこんの夫婦だ。本来、この場にいるべき金兵衛は初秋に身罷っていた。

今津屋では、金兵衛の死を受けて吉右衛門、お佐紀の主夫婦が祝言に出ていいとの意向が鉄五郎と江三郎の両親方に由蔵から告げられたが、鉄五郎が、

「老分さんに出てもらうんだって、幸吉とおそめの分を越えていますぜ。今津屋の主夫婦だなんて飛んでもねえ話だ。そう思いませんかえ、江三郎さん」

とおそめの親方に振り、

「鉄五郎さんの申されるとおりだ。職人ふたりの祝言ですよ、お気持ちだけ頂戴します」

と固辞した。そんなわけで内々の祝言になった。

妹のおはつに手を引かれた花嫁のおそめが祝言の場に緊張の姿を見せ、幸吉が満面の笑みで迎えた。

そのときだ。

「おい、どういうわけだ。幸吉とおそめの祝言に坂崎磐音と品川柳次郎のふたりだけ呼んでよ、それがし、もとへ、わしを呼ばんのか」

と大声が響いて大名家下屋敷の中間の形の武左衛門が祝言の場に姿を現した。

一瞬、だれもが唖然《あぜん》として黙り込んだが、

「おい、武左衛門の旦那、坂崎さんは仲人だ。それがしは金兵衛さんの代わり、

ゆえにそなたの分も務めるためにこの祝言に呼ばれたのだ。そなた、呼ばれもせぬ祝言にその形で押し掛けてよいわけもあるまい」

と柳次郎が朋輩ゆえに厳しい口調で叱った。

「ふっふっふふ」

と仲人の磐音が笑い出し、

「ご一統様、それがし、坂崎磐音と品川柳次郎どの、それに武左衛門どのはこちらにおられる今津屋の老分番頭どのに世話になって以来の間柄でございましてな、ひとり忘れたわけではございませんが、つい失念したそれがしの責任《せめ》にござる。花婿どの、花嫁さん、ひとり押し掛け客を加えてよかろうか」

と磐音が願い、幸吉もおそめも頷いて、

「おれとおそめちゃんの祝言らしくなったな」

と花婿が花嫁に賛意を求めた。ただこの場で武左衛門をよく知らぬ本材木町の町役の他は、未だ言葉を失っていた。

「致し方ございませんな」

と江三郎が苦笑いしながらもらし、

「かようなことがあろうかと、膳は二つほど多めに用意してございますよ」

と鉄五郎が磐音の言葉に受けて、ようやく武左衛門の列席が決まった。

「ご一統様、もはや、仲人の挨拶も要りますまい。三々九度の誓いの酒を酌み交わし、由蔵どのに目出度《めでた》き謡《うたい》を願いましょうかな」

と磐音の言葉で座が和やかになった。


夜九つ、おこんに手を取られたおそめと幸吉が離れ屋の住まいに下がった。

「おこんさん、おれ、みんなの接待をしなくていいのかね」

「幸吉さん、あちらにはうちの亭主どのや老分番頭さん、ふたりの親方に武左衛門さんもおられます。もはや幸吉さんもおそめさんも気を使うことはありません。これからのふたりの行く末を話し合いなされ」

と言い残したおこんも宴の場に戻った。

「おそめちゃん」

「どうしたの」

とおそめが聞いた。

「おれがおそめちゃんを見初めた日のことを覚えているか」

しばし間を置いたおそめが、

「私がおっ母さんとおはつと一緒に平井浜から戻った日のことね」

「ああ、あんな哀しそうなおそめを初めて見てさ、おりゃ、思わず『おれがおそめを嫁に貰ってやる』と言っちまったんだ。あの日から長い歳月が過ぎたな」

「数えきれないほどの日々を経て、私たち、この場にいるわ」

「ああ、おそめはおれの嫁だ、いいな」

幸吉の言葉におそめがこくりと頷き、幸吉の手をとった。

「私、幸吉さんに長いこと無理を押し通してきたわね。それを幸吉さんは許してくれた。ありがとう」

「だから、今を迎えることができた」

「抱いて、私を抱いて、幸吉さん」

おそめの言葉に幸吉は両腕でひしと白無垢姿のおそめを抱きしめた。

宴の場から小さな中庭ごしに武左衛門の叫声《きょうせい》が伝わってきた。だが、もはや幼馴染みのふたりの耳には届かなかった。

あとがき

新年明けましておめでとうございます。

二〇二〇年はコロナ・ウィルス禍に世界じゅうが引っ掻き回された最悪の年、今年数えで八十歳になる私も未経験の世界の大きな節目に立ち合っているように思えます。

皆々様の新年が少しでもよい月日でありますようにお祈り申し上げます。

旧年中の話です。

いつもは五月のゴールデン・ウィーク前後に受けていた人間ドックがコロナ禍の蔓延により中止になり、半年後の十月になって再開される通知を受け取り、早速改めて申し込みました。

私のようなフリーランスの人間は体調がすべての源。六十代になって金銭的に余裕が出来たときから、毎年一回の人間ドック、それも胃カメラ、大腸内視鏡を含めてあらゆるオプションを加えて一泊二日（以前は二泊三日）の入院で行う習慣が出来ました。ために諸々の検査の数値や映像で明瞭に体調の良否が理解つきます。今回も大きな支障はないようです。

ただし数値は前回といっしょでも人間ドックで検査できない記憶力や想像力は明確に落ちているのは日ごろの仕事で分かります。

そのうち私の書く時代小説など、ＡＩがあっさりとこなしてくれるのではないか。その折りはパソコンを閉じて小説家を辞めるしかあるまい、などと人間ドックの検査の間に考えたりしました。

ともあれ今回も大きな変調はなかったようで、手間がかかろうとどうしようとコツコツとパソコン相手に一年間、創作活動が出来るのはこのうえない喜びです。

さて「新・居眠り磐音」シリーズも『奈緒と磐音』『武士の賦』『初午祝言』『おこん春暦』さらに本作の『幼なじみ』と五巻を重ねることが出来ました。

ご存じのように決定版「居眠り磐音」五十一巻の刊行に合わせて、その狭間に「新・居眠り磐音」新作を上梓するという過密なシリーズ展開でありました。が、決定版もなんとかこの三月には五十一巻目の『旅立ノ朝』で完結できる目途が立ちました。

これもひとえに読者諸氏のあり難いご声援とご支持があればこそ、大いなる感謝の気持ちでいっぱいです。

双葉社版の一巻目『居眠り磐音 江戸双紙 陽炎ノ辻』が二〇〇二年四月刊行ゆえ、筆者は十九年間にわたり「居眠り磐音」シリーズと付き合ってきたことになります。一言でいうならば、現実と虚構が混在した、

「長い旅路」

というのが正直な気持ちです。

今回の『新・居眠り磐音 幼なじみ』は、膨大な登場人物のなかでも主人公の磐音らと初期のころから付き合いのあった鰻捕りの幸吉少年、唐傘長屋住まいのおそめと深川六間堀町で生まれ育った二人の半生です。

幼い折りはおそめがしっかり者の娘でした、一方幸吉はおそめに注意やら叱声ばかりを受けていた少年でした。それが二十年余の歳月の間にふたりがどのように情愛を育み、職種は違え、立派な職人に育ったか、性急な性格の筆者は「よく頑張ったな」とふたりを褒めたくなります。

とくに深川の裏長屋育ちのおそめが、なぜある時期から縫箔という絵心・美的感覚を要する細かい手技の根気仕事、女職人を目指すようになったか。おそめの幼い折り、偶然にも「絵」に接した経験を昨年刊の『初午祝言』に続いて新たに付け加え、後々おそめが縫箔職人を目指すことになった切っ掛けのエピソードをモティーフにしました。

おそらく三月の決定版「居眠り磐音」完結に関連して「新・居眠り磐音」のスピンオフも、今回の『幼なじみ』でいったん休むことになりそうです。少し頭をクールにする月日を設けて、新シリーズなど新たな展開を予定していますので、楽しみにしてください。

読者諸氏もどうかコロナ・ウィルスなどに負けることなく息災に平穏な日々をお過ごしください。

令和三年正月　熱海にて

佐伯泰英

この作品は文春文庫のために書き下ろされたものです。

文春文庫

幼《おさな》なじみ
新《しん》・居眠《いねむ》り磐音《いわね》

定価はカバーに表示してあります

2021年1月10日　第1刷

著　者　佐伯泰英《さえきやすひで》
発行者　花田朋子
発行所　株式会社　文藝春秋

東京都千代田区紀尾井町3-23　〒102-8008
TEL　03・3265・1211(代)
文藝春秋ホームページ　http://www.bunshun.co.jp

落丁、乱丁本は、お手数ですが小社製作部宛お送り下さい。送料小社負担でお取替致します。

印刷製本・凸版印刷

Printed in Japan
ISBN978-4-16-791621-3

居眠り磐音

友をきっかけに江戸で浪人暮らしの坂崎磐音。隠しきれない育ちのよさとお人好しな性格で下町に馴染む一方、〝居眠り剣法〟で次々と襲いかかる試練と敵に立ち向かう！

※白抜き数字は続刊

居眠り磐音〈決定版〉 順次刊行中！

① 陽炎ノ辻《かげろうのつじ》
② 寒雷ノ坂《かんらいのさか》
③ 花芒ノ海《はなすすきのうみ》
④ 雪華ノ里《せっかのさと》
⑤ 龍天ノ門《りゅうてんのもん》
⑥ 雨降ノ山《あふりのやま》
⑦ 狐火ノ杜《きつねびのもり》
⑧ 朔風ノ岸《さくふうのきし》
⑨ 遠霞ノ峠《えんかのとうげ》
⑩ 朝虹ノ島《あさにじのしま》
⑪ 無月ノ橋《むげつのはし》
⑫ 探梅ノ家《たんばいのいえ》
⑬ 残花ノ庭《ざんかのにわ》
⑭ 夏燕ノ道《なつつばめのみち》
⑮ 驟雨ノ町《しゅううのまち》
⑯ 螢火ノ宿《ほたるびのしゅく》
⑰ 紅椿ノ谷《べにつばきのたに》
⑱ 捨雛ノ川《すてびなのかわ》

⑲ 梅雨ノ蝶《ばいうのちょう》
⑳ 野分ノ灘《のわきのなだ》
㉑ 鯖雲ノ城《さばぐものしろ》
㉒ 荒海ノ津《あらうみのつ》
㉓ 万両ノ雪《まんりょうのゆき》
㉔ 朧夜ノ桜《ろうやのさくら》
㉕ 白桐ノ夢《しろぎりのゆめ》
㉖ 紅花ノ邨《べにばなのむら》
㉗ 石榴ノ蠅《ざくろのはえ》
㉘ 照葉ノ露《てりはのつゆ》
㉙ 冬桜ノ雀《ふゆざくらのすずめ》
㉚ 侘助ノ白《わびすけのしろ》
㉛ 更衣ノ鷹《きさらぎのたか》 上
㉜ 更衣ノ鷹《きさらぎのたか》 下
㉝ 孤愁ノ春《こしゅうのはる》
㉞ 尾張ノ夏《おわりのなつ》
㉟ 姥捨ノ郷《うばすてのさと》
㊱ 紀伊ノ変《きいのへん》
㊲ 一矢ノ秋《いっしのとき》
㊳ 東雲ノ空《しののめのそら》
㊴ 秋思ノ人《しゅうしのひと》
㊵ 春霞ノ乱《はるがすみのらん》
㊶ 散華ノ刻《さんげのとき》
㊷ 木槿ノ賦《むくげのふ》
㊸ 徒然ノ冬《つれづれのふゆ》
㊹ 湯島ノ罠《ゆしまのわな》
㊺ 空蟬ノ念《うつせみのねん》
㊻ 弓張ノ月《ゆみはりのつき》
㊼ 失意ノ方《しついのかた》
㊽ 白鶴ノ紅《はっかくのくれない》
㊾ 意次ノ妄《おきつぐのもう》
㊿ 竹屋ノ渡《たけやのわたし》
51 旅立ノ朝《たびだちのあした》

新・居眠り磐音

① 奈緒と磐音《なおといわね》
② 武士の賦《もののふのふ》
③ 初午祝言《はつうましゅうげん》
④ おこん春暦《おこんはるごよみ》
⑤ 幼なじみ《おさななじみ》

（　）内は解説者。品切の節はご容赦下さい。

佐伯泰英
神隠し
新・酔いどれ小籐次（一）
背は低く額は禿げ上がり、もくず蟹のような顔の老侍で、無類の大酒飲み。だがひとたび剣を抜けば来島水軍流の達人である赤目小籐次が、次々と難敵を打ち破る痛快シリーズ第一弾！
さ-63-1

佐伯泰英
願かけ
新・酔いどれ小籐次（二）
一体なんのご利益があるのか、研ぎ仕事中の小籐次に賽銭を投げて拝む人が続出する。どうやら裏で糸を引く者がいるようだが、その正体、そして狙いは何なのか——。シリーズ第二弾！
さ-63-2

佐伯泰英
桜吹雪《はなふぶき》
新・酔いどれ小籐次（三）
夫婦の披露目をし、新しい暮らしを始めた小籐次。呆けが進んだ長屋の元差配のために、一家揃って身延山久遠寺への代参の旅に出るが、何者かが一行を待ち受けていた。シリーズ第三弾！
さ-63-3

佐伯泰英
姉と弟
新・酔いどれ小籐次（四）
小籐次に斃された実の父の墓石づくりをする駿太郎と、父のもとで錺職人修業を始めたお夕。姉弟のような二人を見守る小籐次に、戦いを挑もうとする厄介な人物が—。シリーズ第四弾。
さ-63-4

佐伯泰英
柳に風
新・酔いどれ小籐次（五）
小籐次は、新兵衛長屋界隈で自分を尋ねまわる怪しい輩がいると知り、読売屋の空蔵に調べを頼む。これはネタになるかと張り切る空蔵だが、その身に危機が迫る。シリーズ第五弾！
さ-63-5

佐伯泰英
らくだ
新・酔いどれ小籐次（六）
江戸っ子に大人気のらくだの見世物。小籐次一家も見物したが、そのらくだが盗まれたうえに身代金を要求された！　なぜか小籐次が行方探しに奔走することに……。シリーズ第六弾！
さ-63-6

佐伯泰英
大晦り《おおつごもり》
新・酔いどれ小籐次（七）
火事騒ぎが起こり、料理茶屋の娘が行方知れずになる。同時に焼け跡から御庭番の死体が見つかっていた。娘は事件を目撃して攫われたのか？　小籐次は救出に乗り出す。シリーズ第七弾！
さ-63-7

佐伯泰英
夢三夜
新・酔いどれ小籐次（八）

新年、宴席つづきの上に町奉行から褒美を頂戴した小籐次を、刺客が襲った。難なく返り討ちにしたが、その刺客の雇い主に気づいたおりょうは動揺する。黒幕の正体、そして結末は？

さ-63-8

佐伯泰英
船参宮
新・酔いどれ小籐次（九）

心に秘するものがある様子の久慈屋昌右衛門に請われ、伊勢へ同道することになった小籐次。地元の悪党や妖しい黒巫女が行く手を阻もうとするところ、無事に伊勢に辿り着けるのか？

さ-63-9

佐伯泰英
げんげ
新・酔いどれ小籐次（十）

北町奉行所から極秘の依頼を受けたらしい小籐次が、嵐の夜に小舟に乗ったまま行方不明に。おりょうと駿太郎、そして江戸中の人々が小籐次の死を覚悟する。小籐次の運命やいかに!?

さ-63-10

佐伯泰英
椿落つ
新・酔いどれ小籐次（十一）

小籐次が伊勢参りの折に出会った三吉が、強葉木《つばき》谷の精霊と名乗る謎の相手に付け狙われ、父を殺された。敵は人か物の怪か。三吉を救うため、小籐次と駿太郎は死闘を繰り広げる。

さ-63-11

佐伯泰英
夏の雪
新・酔いどれ小籐次（十二）

将軍にお目見えがなった小籐次は見事な芸を披露して喝采を浴びるが、大量の祝い酒を贈られて始末に困る。そんな折、余命わずかな花火師の苦境を知り、妙案を思いつくが……。

さ-63-12

佐伯泰英
鼠草紙《ねずみのそうし》
新・酔いどれ小籐次（十三）

小籐次一家は、老中青山の国許であり駿太郎の実母・お英が眠る丹波篠山へと向かう。実母の想いを感じる駿太郎だったが、お家再興を諦めないお英の兄が、駿太郎を狙っていた。

さ-63-13

佐伯泰英
旅仕舞
新・酔いどれ小籐次（十四）

残忍な押込みを働く杉宮の辰磨一味が江戸に潜入したらしい。探索の助けを求められた小籐次は、一味の目的を探るうち、標的が自分の身辺にあるのではと疑う。久慈屋に危機が迫る！

さ-63-14

（　）内は解説者。品切の節はご容赦下さい。

佐伯泰英
鑓騒ぎ
新・酔いどれ小籐次（十五）

小籐次の旧主・久留島通嘉が何者かに「新年登城の折、御鑓先を頂戴する」と脅された。これは「御鑓拝借」の意趣返しか？　藩を狙う黒幕の正体は、そして小籐次は旧主を救えるか？

さ-63-15

佐伯泰英
酒合戦
新・酔いどれ小籐次（十六）

十三歳の駿太郎はアサリ河岸の桃井道場に入門、年少組で稽古に励む。一方、肥前タイ捨流の修行者に勝負を挑まれた小籐次は、来島水軍流の一手を鋭く繰り出し堀に沈めてみせるが——。

さ-63-16

佐伯泰英
小籐次青春抄
品川の騒ぎ・野鍛冶

豊後森藩の厩番の息子・小籐次は野鍛冶に婿入りしたかつての悪仲間を手助けに行くが、その村がやくざ者に狙われているのを知り一計を案じる。若き日の小籐次の活躍を描く中編二作。

さ-63-50

佐伯泰英
御鑓拝借《おやりはいしやく》
酔いどれ小籐次（一）決定版

森藩への奉公を解かれ、浪々の身となった赤目小籐次、四十九歳。胸に秘する決意、それは旧主・久留島通嘉の受けた恥辱をすすぐこと。仇は大名四藩。小籐次独りの闘いが幕を開ける！

さ-63-51

佐伯泰英
意地に候
酔いどれ小籐次（二）決定版

御鑓拝借の騒動を起こした小籐次は、久慈屋の好意で長屋に居を定め、研ぎを仕事に新たな生活を始めた。だが威信を傷つけられた各藩の残党は矛を収めていなかった。シリーズ第2弾！

さ-63-52

佐伯泰英
寄残花恋《のこりはなよするこい》
酔いどれ小籐次（三）決定版

小金井橋の死闘を制した小籐次は、生涯追われる身になったと悟り甲斐国へ向かう。だが道中で女密偵・おしんと知り合い、ともに甲府を探索することに。新たな展開を見せる第3弾！

さ-63-53

佐伯泰英
一首千両
酔いどれ小籐次（四）決定版

鍋島四藩の追腹組との死闘が続く小籐次だったが、さらに江戸の分限者たちが小籐次の首に千両の賞金を出し、剣客を選んで襲わせるという噂が…。小籐次の危難が続くシリーズ第4弾！

さ-63-54

（　）内は解説者。品切の節はご容赦下さい

佐伯泰英
孫六兼元
酔いどれ小籐次（五）決定版

久慈屋の依頼で芝神明の大宮司を助けることになった小籐次。社殿前の賽銭箱に若い男が剣で串刺しにされ、死んでいたという。大宮司は、小籐次に意外すぎる秘密を打ち明けた——。

さ-63-55

佐伯泰英
騒乱前夜
酔いどれ小籐次（六）決定版

自ら考案した行灯づくりの指南に水戸に行くことになった小籐次。だがなぜか、同行者の中に探検家・間宮林蔵の姿が。幕府の密偵との噂もある彼の目的は何なのか？　シリーズ第6弾！

さ-63-56

佐伯泰英
子育て侍
酔いどれ小籐次（七）決定版

刺客、須藤平八郎を討ち果たし、約定によりその赤子、駿太郎を引き取った小籐次。周囲に助けられ〝子育て〟に励む小籐次だったが、駿太郎の母と称する者の影が見え隠れし始め……。

さ-63-57

佐伯泰英
竜笛嫋々《りゅうてきじょうじょう》
酔いどれ小籐次（八）決定版

おりょうに持ち上がった縁談。だがおりょうは不安を小籐次に吐露する。相手の男の周りは不穏な噂が絶えない。そして、おりょうの突然の失踪——。想い人の危機に、小籐次どう動く？

さ-63-58

佐伯泰英
春雷道中
酔いどれ小籐次（九）決定版

行灯の製作指南と、久慈屋の娘と手代の結婚報告のため水戸に向かった小籐次一行。だが密かに久慈屋の主の座を狙っていた番頭が、あろうことか一行を襲撃してくる。シリーズ第9弾！

さ-63-59

佐伯泰英
薫風鯉幟《くんぷうこいのぼり》
酔いどれ小籐次（十）決定版

野菜売りのうづが姿を見せず、心配した小籐次が在所を訪ねると、彼女に縁談が持ち上がっていた。良縁かと思いきや、相手は厄介な男のようだ。窮地に陥ったうづを小籐次は救えるか？

さ-63-60

佐伯泰英
偽小籐次
酔いどれ小籐次（十一）決定版

小籐次の名を騙り、法外な値で研ぎ仕事をする男が現れた！　その男の正体を探るため小籐次は東奔西走するが、裏には予想外の謀略が……。真偽小籐次の対決の結末はいかに!?

さ-63-61